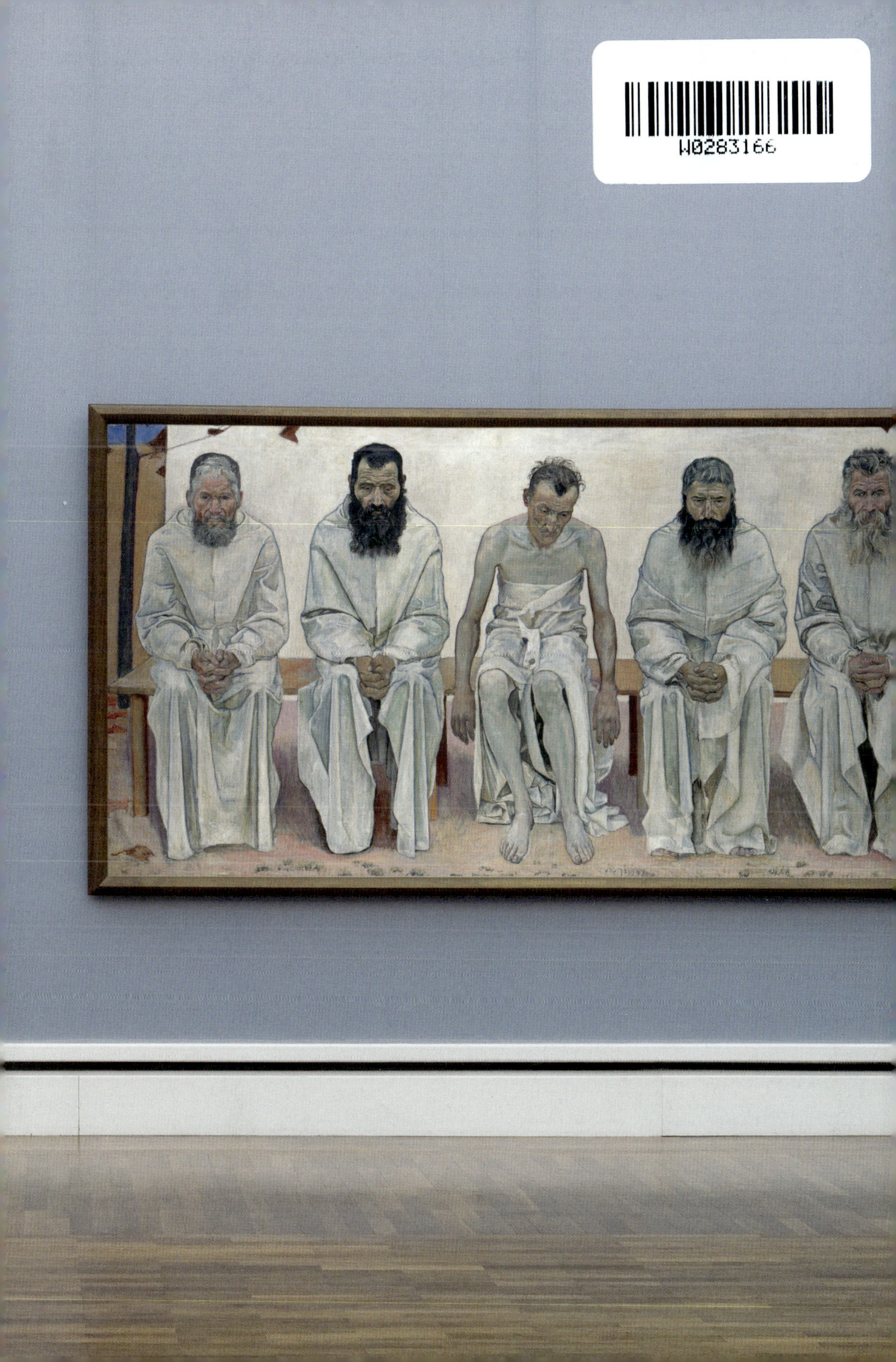

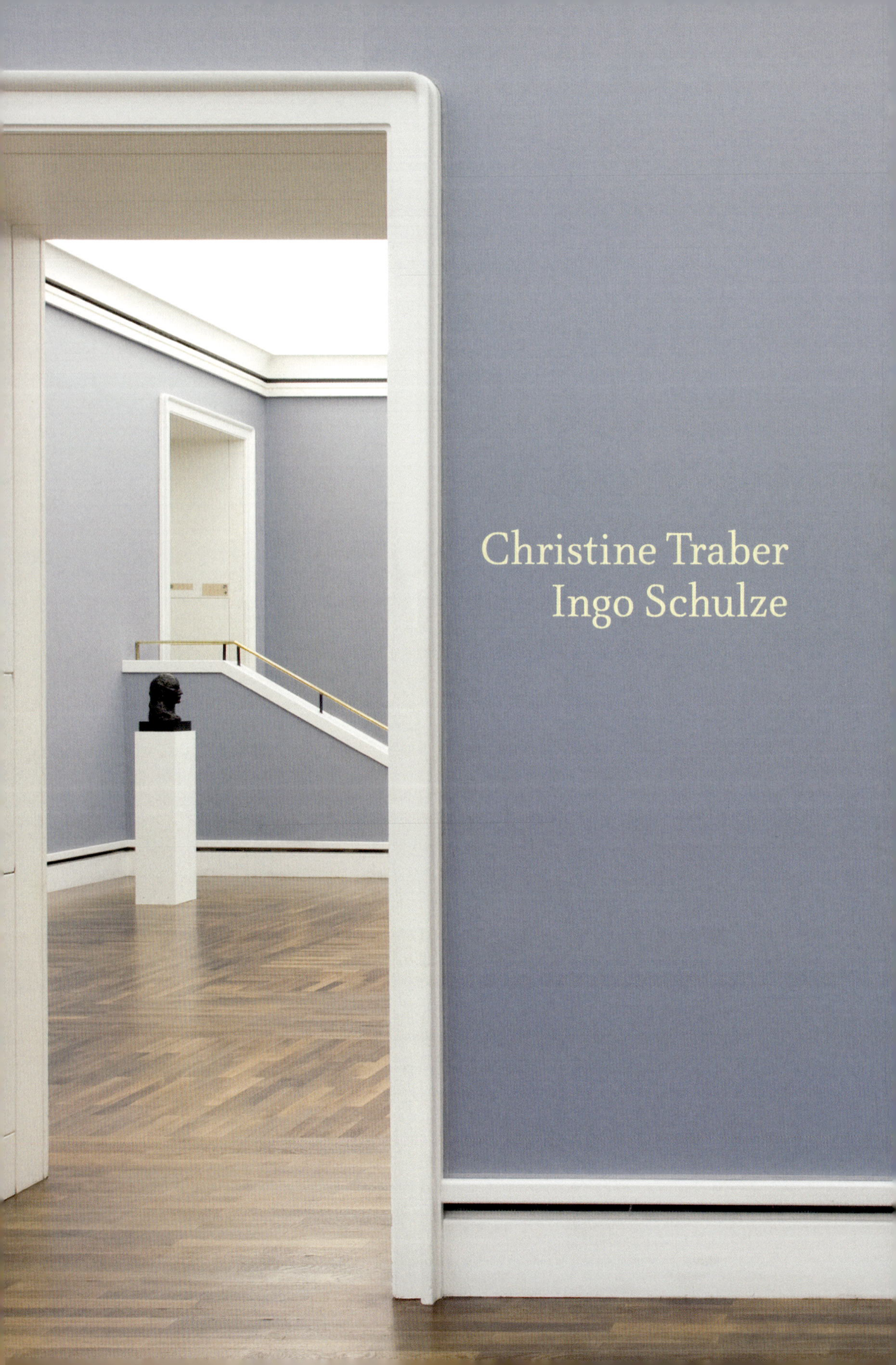
Christine Traber
Ingo Schulze

»Wirklich,
wir können nur
unsere Bilder
sprechen lassen«

KunstGeschichten

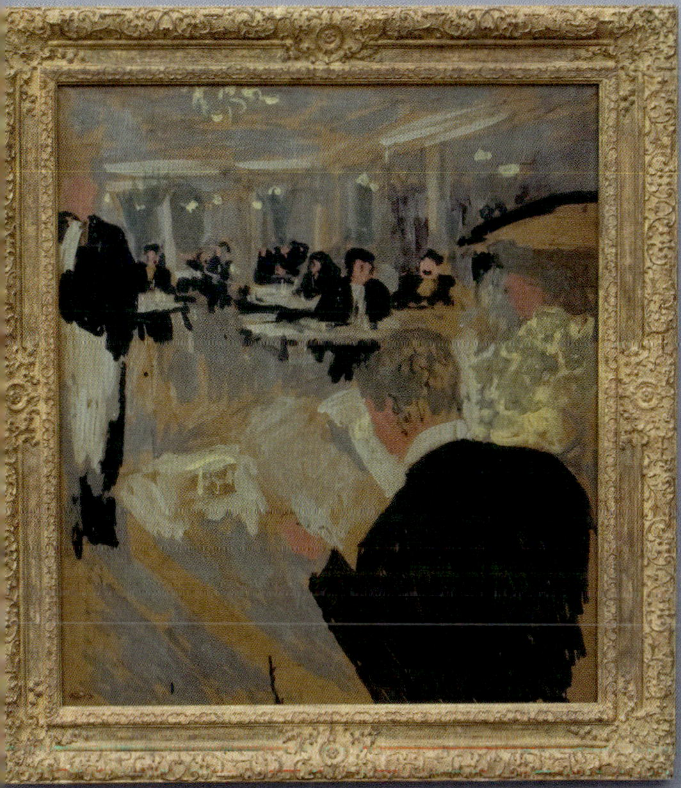

Hanser

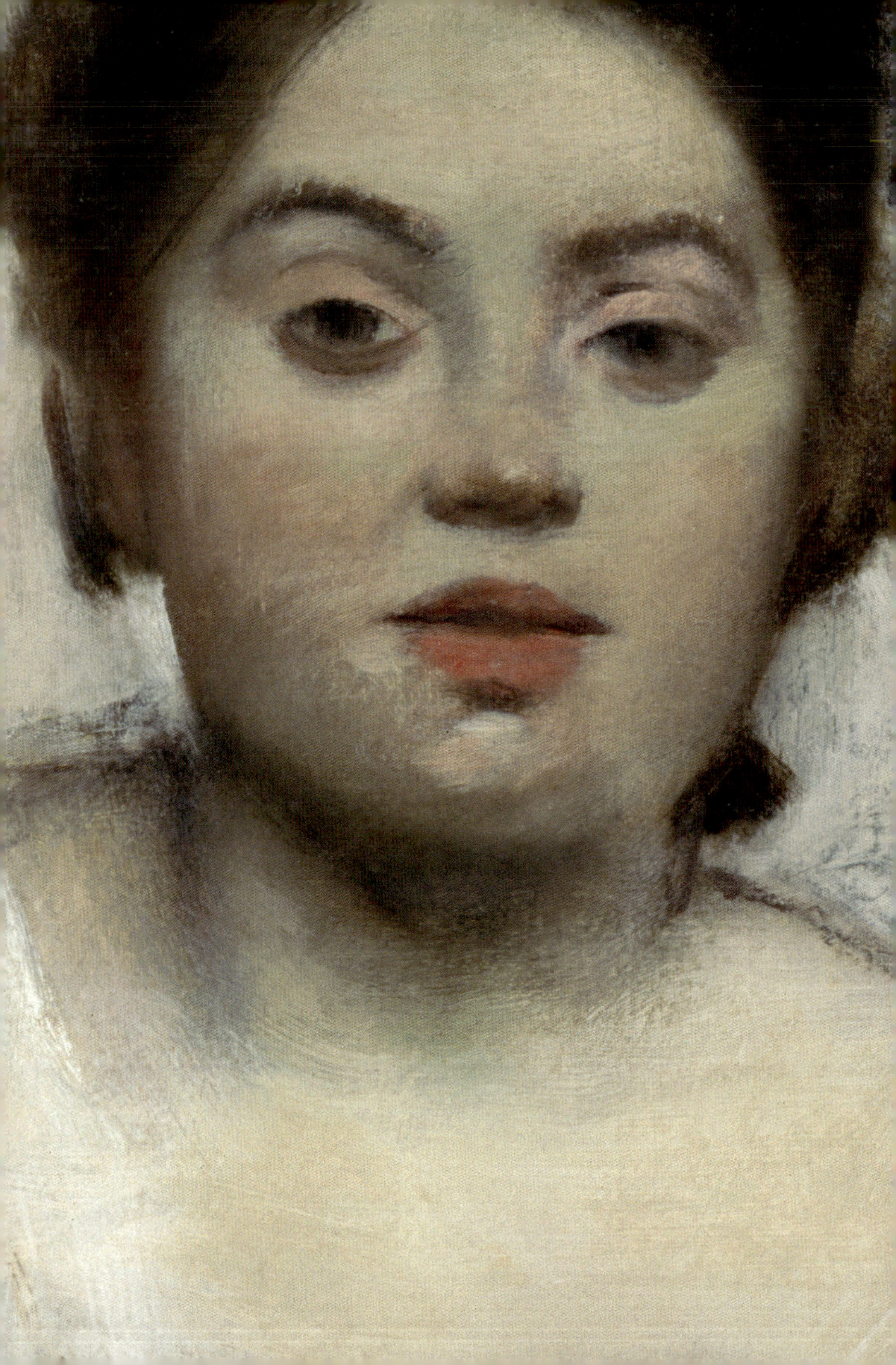

In letzter Zeit war er fast
nur noch bei diesen Tänzerinnen,
diesen immerzu aufgedrehten,
nach Puder und Tüll duftenden
Mädchen … Jaja, noch einmal
das Bein hoch, nach vorn,
nach hinten, wieder und wieder,
und mit den Armen die schöne
Bewegung zur Seite und über
den Kopf, dass sich der Nacken
neigt, das zarte Kehlchen
spannt, wieder und wieder …

Der Arm wird mir schon lahm von diesem schweren Eisen, hin und her, hin und her. Estelle hat neue Wäsche aufgehängt! Ich soll schneller sein, schneller, hin und her … Dieser Dampf, die Haare kleben im Nacken, auf der Stirn … Warum muss ich mich überhaupt bewegen? Bei den anderen Malern muss ich immer reglos sein, stille stehen, stille sitzen, stille liegen. Selbst ihm rinnt der Schweiß von den Schläfen, hinein in den steifen gilben Kragen. Warum sagt er kein Wort? Ich soll nicht auf ihn achten, einfach meine Arbeit tun. Pah, meine Arbeit … als wär ich Büglerin!
Pfff, wie mir die heiße Luft die Lider schwellen lässt und niederdrückt. Und wie Estelle mich anblickt, ihr Grinsen, das nur er sehen kann. Aber ich höre wohl, wie sie mich verlacht, von da hinten. Dafür ist mit der Sitzung heute und denen in den nächsten Tagen bei Monsieur Corot die Miete und das Essen für diesen Monat gesichert. Vielleicht reicht es sogar noch für ein paar Schuhe.
Was, was hat er da gerade gesagt? Estelle solle ihm Kreiden bringen? Warum denn jetzt Kreiden? Ein richtiges Kunstwerk soll es doch werden, eines mit den teuren satten Ölfarben, die das Bild erst zum Gemälde werden lassen!

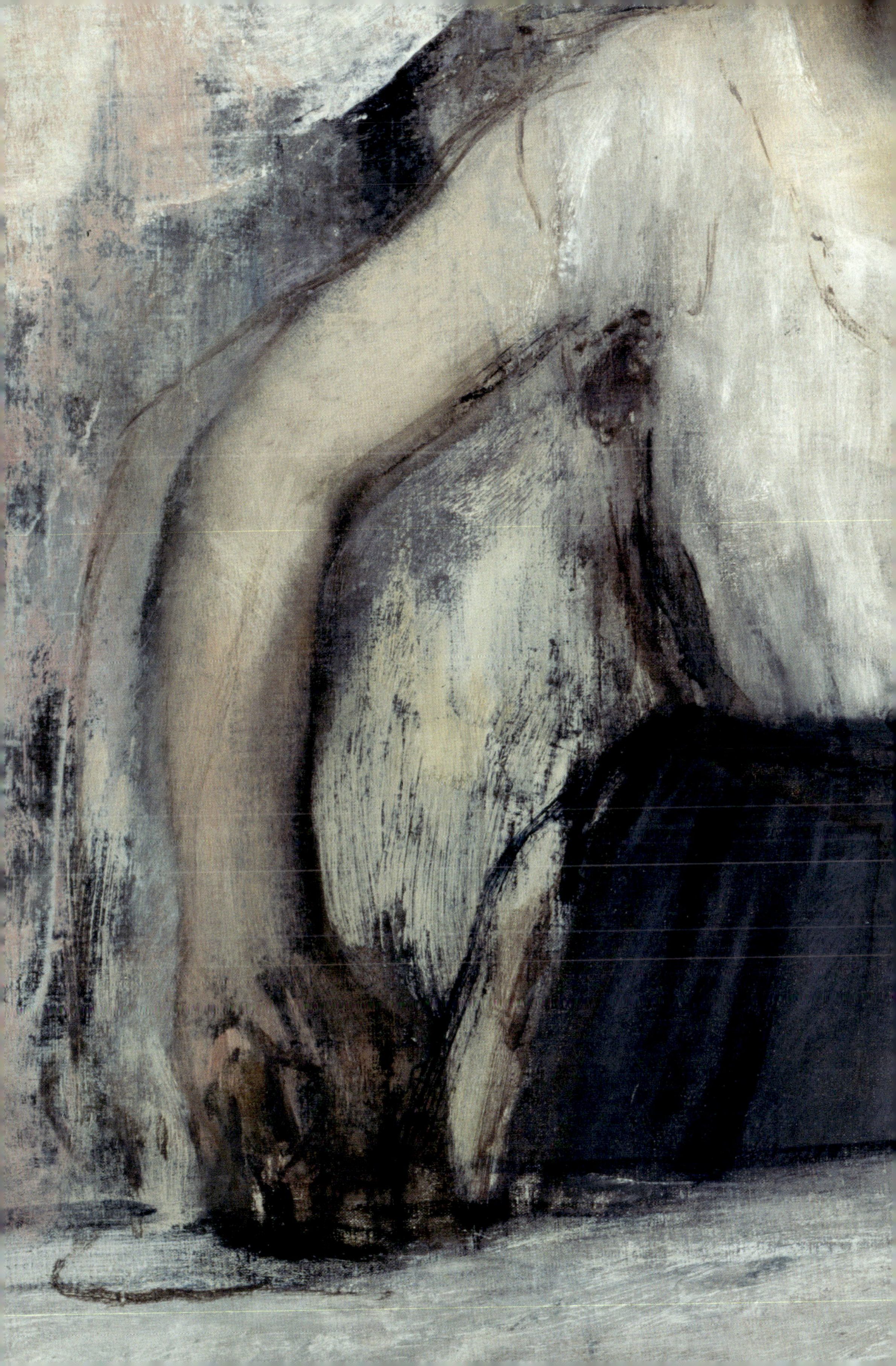

»Mach die Bewegung größer, ausladender, nein, nicht mit so viel Schwung, konzentriere dich! Bleibe bei dir. Es ist Arbeit!«
Was will er eigentlich? Mir rinnt der Schweiß durchs Mieder und der weiße dünne Batist ist schon an etlichen Stellen versengt. Dafür kann ich nichts! Wenn er mir das abzieht von meinem Lohn …
Nein, so ist er nicht. Das bemerkt er ja noch nicht einmal. Er bekommt eigentlich überhaupt nichts mit, was nicht auf seine Leinwand, in sein Bild soll. Ich frage mich, wofür er mich überhaupt braucht. Stets hat er sein Bild im Kopf, hat es im Kopf, noch bevor er beginnt. Und mich, mich kennt er doch, hat mich so oft schon gemalt. Könnten wir doch spazieren gehen, da bewege ich mich auch, nur eleganter, wie eine Tänzerin, fast wie eine Tänzerin. Wer interessiert sich schon für eine Büglerin? Bügeln kann jede, hin und her, nun ja, eine Weile. Was will er, was sucht er hier an mir? Und jetzt auch noch Kreide, im Ölbild, das wird nichts, das wird ganz sicher nichts. Solche Bilder gibt es doch gar nicht, solche Bilder, wie er sie immer will. Nun ja, eine Weile noch, eine Weile halte ich noch durch, hin und her, hin und her …

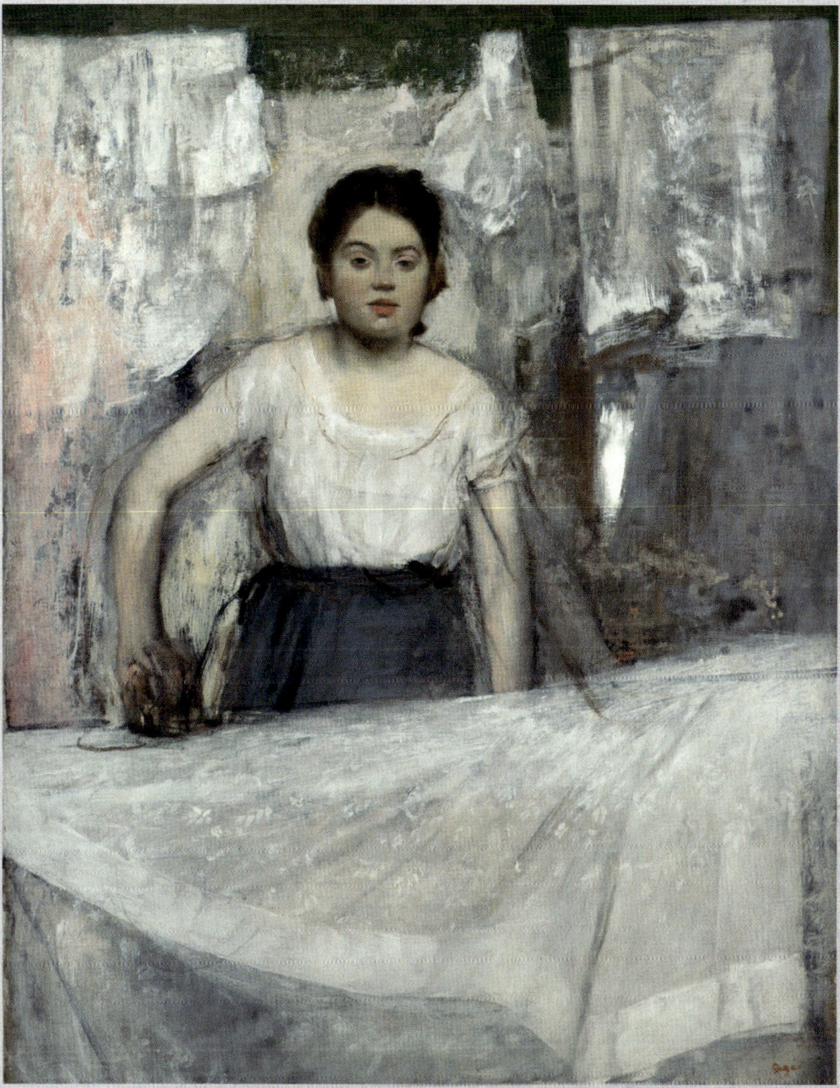

Edgar Degas
Die Büglerin
um 1869

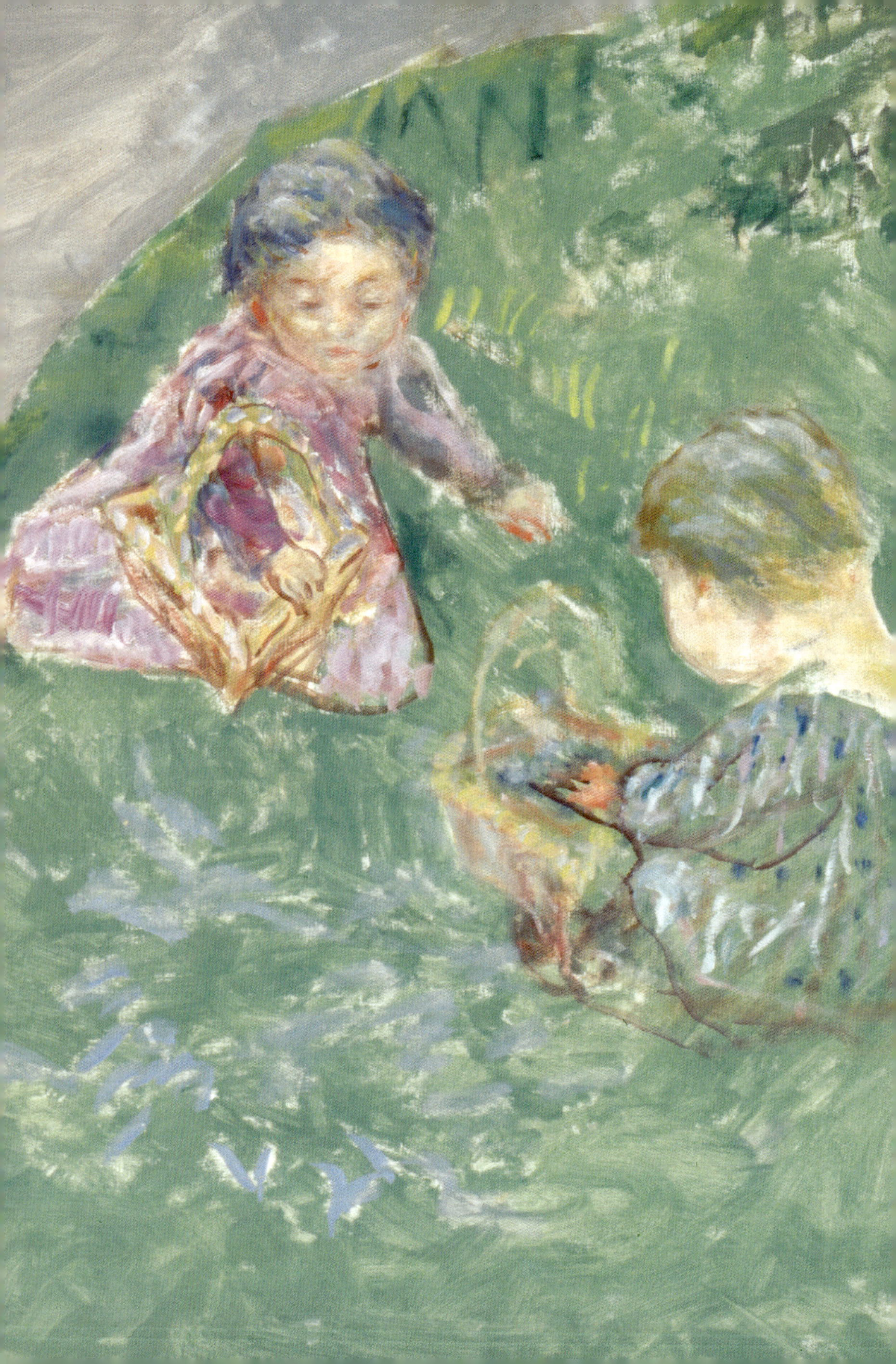

Arthur, Konrad und Belle
zog es immer zur Kohlengrube.
Es gab keinen anderen Ort,
an dem sie lieber waren. Dabei
hatten es die Eltern strikt
verboten, es sei zu gefährlich,
zu schmutzig, viel zu laut und
überhaupt zu unwirtlich, nichts
für Kinder, kein Platz zum
Spielen. Wir spielen auch nicht,
wir schauen nur. Aber was,
was wollt ihr denn da schauen?
Da wird hart gearbeitet!

Arthur, Konrad und Belle wussten, dass es sinnlos war, ihr Spiel erklären zu wollen. Wenn es sie zur Kohlengrube zog, mussten sie sich allen Verboten und Strafandrohungen zum Trotz heimlich von zu Hause fortstehlen. Selbst wenn ihnen der Weg unbekannt gewesen wäre, hätten die metallischen Geräusche, die von der Grube kamen, sie hingeführt. Sie rannten zum Eichenwäldchen, dahinter kletterten sie über die Gleise und die große Böschung hinauf. Dann galt es, sich den steilen und schottrigen Abhang hinabzuwagen – hinab zur Grube, hinab zu ihren Insulanern!
Insulaner! So nannten die drei die Arbeiter in der Braunkohlengrube. Arthur, Konrad und Belle erinnerten sich gar nicht mehr, wer und wann zuerst das Wort Insulaner ausgesprochen hatte, sie wussten nur, dass sie alle das Gleiche gedacht und deshalb Insulaner sofort verstanden hatten. Vielleicht auch deshalb, weil ihnen das Gelände wie ein Archipel, eine Schwemme aus lauter kleinen Inseln erschien, auf denen die Insulaner ihrer Arbeit nachgingen. Das musste tatsächlich schwere Arbeit sein, denn kaum einer der Insulaner sah je auf oder zeigte ihnen gar ein freundliches Gesicht. Ihnen, den Kindern, schenkten sie überhaupt keinerlei Beachtung.

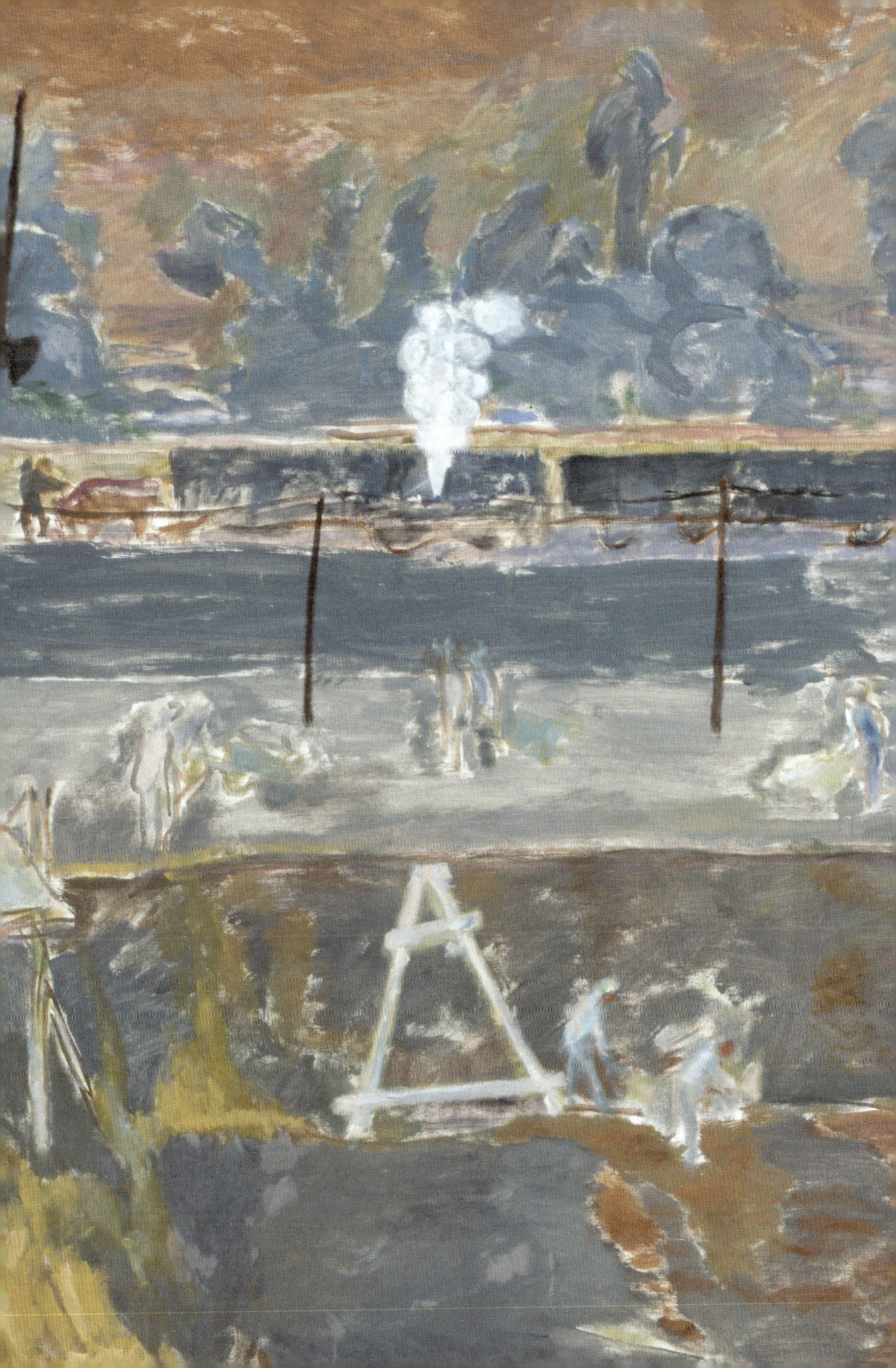

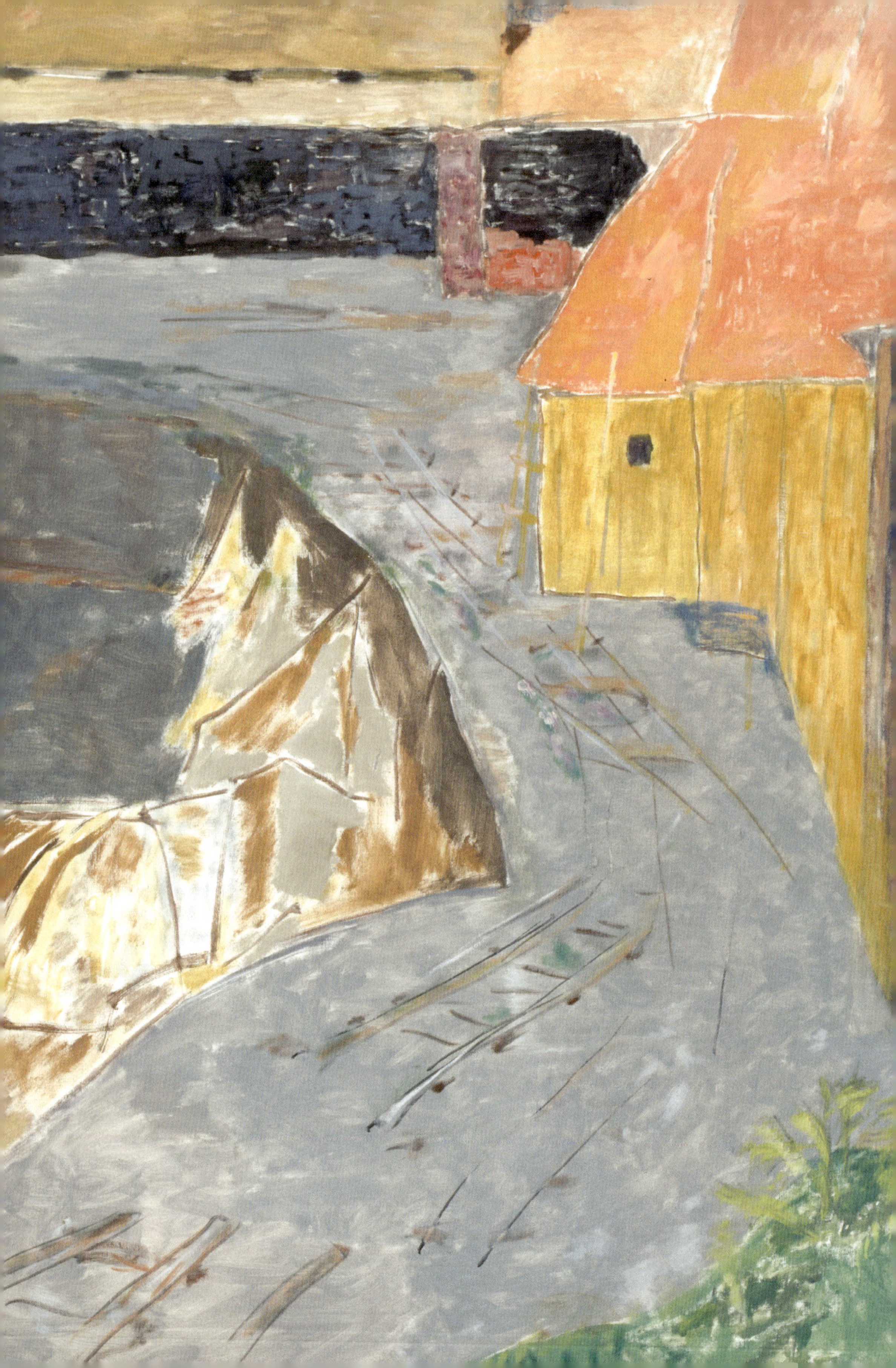

Die Insulaner waren auch deshalb Insulaner, weil sie alle die gleiche Tracht trugen, graue Overalls und ebenso graue Mützen und Helme und Handschuhe und dazu schwarze schwere Schnürschuhe. Insulaner, weil sie alle demselben Ritual folgten, sobald das Geheul der Sirene begann. Drei kurze Stöße, und die Insulaner strömten auf den staubig grauen Wegen zusammen und trieben in Richtung des großen gelben Gemeinschaftshauses auf der entferntesten Insel, dort, wo das Inselreich an einem hohen dunklen Wall endete. Gab die Sirene nach einer halben Stunde nur ein einziges kurzes Heulen von sich, verließen wieder alle Insulaner dieses Haus und gelangten zurück auf den Grauströmen zu ihren Arbeitsinseln.
Die Insulaner pflegten eine eigene Sprache zu sprechen. Sie sagten »Glück auf!«, »Drittelführer, sag an!«, »Heisa!« und »Eia!«. Sie selbst riefen »Heisa!« und »Eia!« und »Glück auf!« und wurden dabei zu Insulanern. Hatten sie es anfangs kaum gewagt, von den Höhen der Böschung in die Tiefe zu sehen, so fanden sie jetzt die Wege hinein ins Inselreich wie von selbst. Vorsichtig tasteten sie sich voran, vorbei an monströsen Baumstammsperren und dreibeinigen Fördergerüsten, und weiter über Gleise mit leeren oder ausrangierten Loren.

Arthur war es, der stets voranging. Eine unbewohnte Insel wollte er finden, eine für sie drei ganz allein. Doch kaum hatten Arthur, Konrad und Belle eine Insel in Besitz genommen und ihr einen Namen gegeben, Honolulu, Irland oder Kamtschatka, war sie wenige Tage später auch schon wieder verschwunden, untergegangen, davongeschwommen. Und sie mussten sich nach einer neuen Insel umsehen.
Manchmal, wenn sie auf einer grünen oder braunen oder gelben Insel beieinander waren und sich auf den Rücken legten und in die Sonne sahen, kamen ihnen die Geräusche der Grube vor wie in einem Hafen, in dem große Schiffe, Ozeanriesen repariert, be- und entladen wurden. Ein tiefes Grollen, wenn eine Fuhre Kohle geschüttet wurde, ein helles Klirren, wenn die Ketten der Fördermaschinen aneinanderschlugen. Ja, sie glaubten, die Rufe der Lastenträger und Matrosen zu hören und den Seewind in den Haaren zu spüren, Salz auf den Lippen zu schmecken. Manchmal gingen sie in ihren Träumen verloren und wussten beim Erwachen nicht mehr, auf welcher Insel sie eigentlich lagen und wie lange schon. Es war ein schönes Leben, abenteuerlich und voller Gefahren, vor allem, wenn man zu spät nach Hause kam.

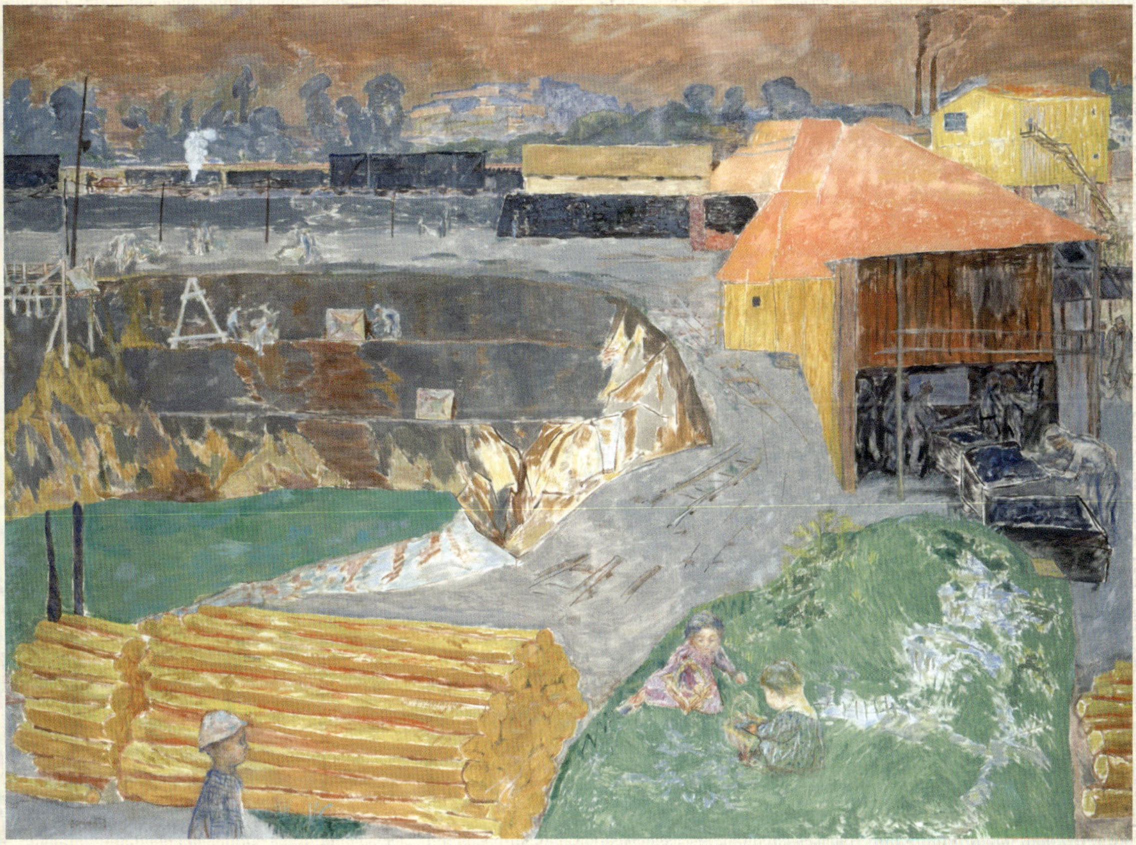

Pierre Bonnard
Braunkohlengrube
um 1918/20

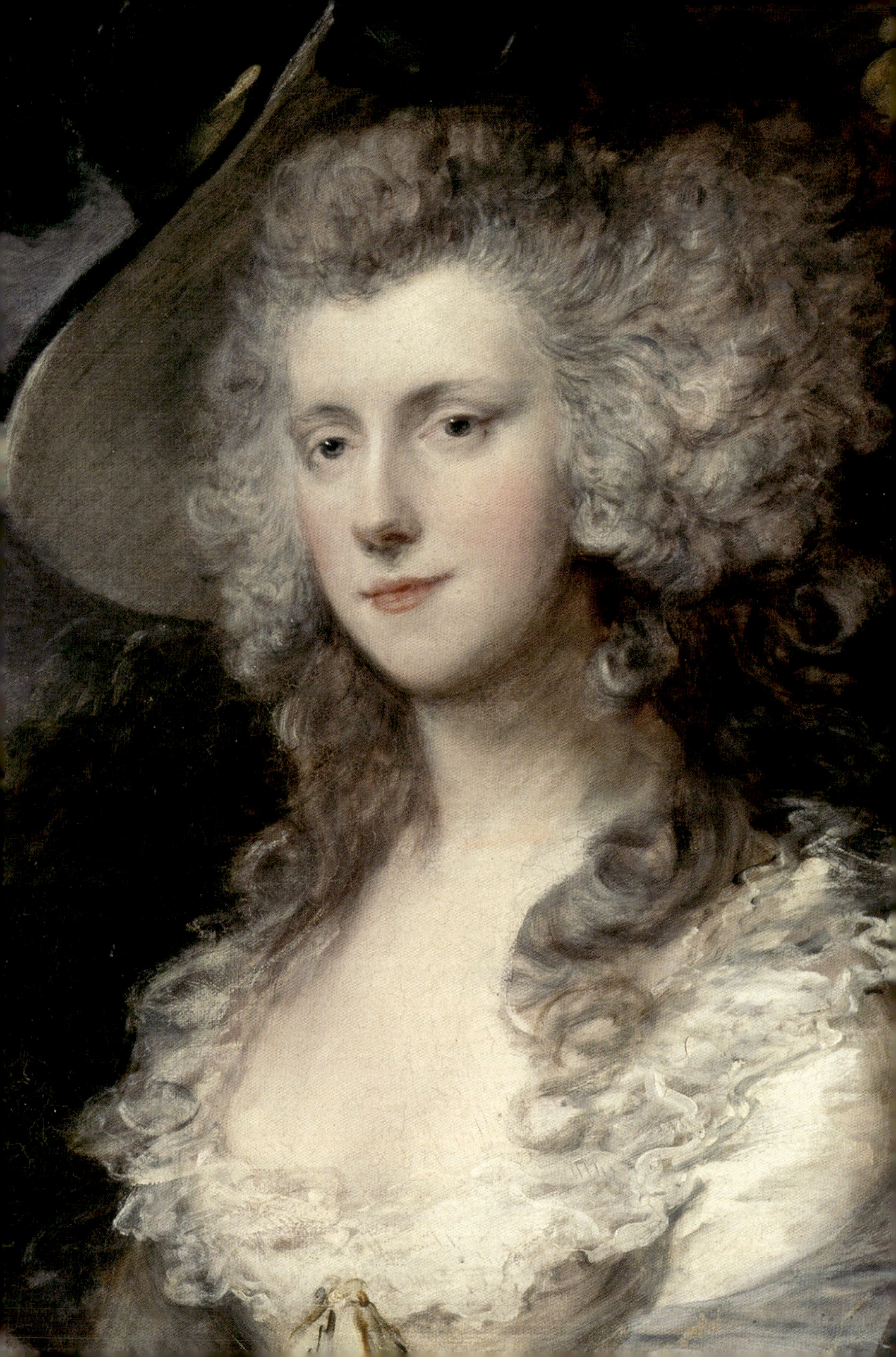

Sophia,

erinnern Sie sich an unsere
erste Begegnung im Hause
der Gordons kurz nach meiner
Rückkehr aus Jamaika?

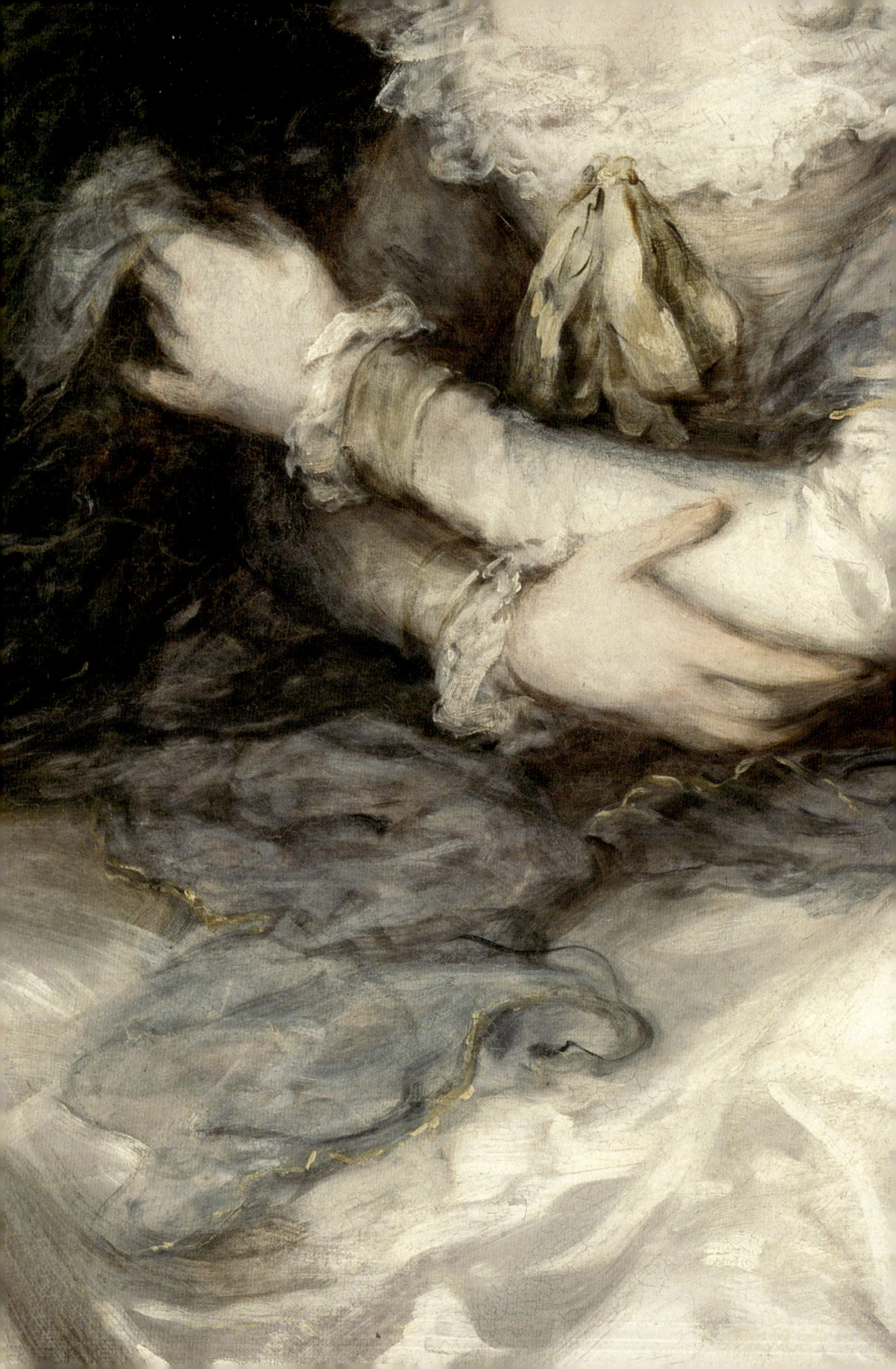

Wir fanden uns vor einem düsteren Italiener im Salon, dessen einzige Heiterkeit sich in dem vorwitzigen Cupido zeigte, der unter dem schweren schwarzsamtenen Rock der gravitätisch und geradezu Angst einflößend dargestellten Matrone hervorlugte und dem Betrachter ein Papier mit der Aufschrift »Possum, sed nolo« entgegenstreckte. Gemeinsam rätselten wir über den Sinn dieser Worte, als uns allzu eilfertig Samuel Gordon »Ich könnte, aber ich will nicht« zuraunte, und ebenso vielsagend wie unnötig ergänzte, damit der Buchstäblichkeit Genüge getan zu haben, keineswegs aber der Bedeutung.
Gestern nun war ich bei Gainsborough, um den Fortschritt Ihres Porträts in Augenschein zu nehmen, das er während Ihres Aufenthalts in Bath ohne weitere Sitzungen zu Ende zu bringen gedenkt. Ich sah ihm eine Weile zu, wie er mit diesem grotesk überlangen Pinselstiel nervöse unstete Farbflecken auf die Leinwand hieb, so dass ich Sorge trug, er wische Ihnen über die schon gänzlich ausgearbeiteten klaren Züge, die feine Lineatur der Brauen und der Lippen, den verhaltenen, man möchte meinen mitteilslosen Blick, die straffen rosigen Wangen, jene Züge also, die Sie mir so unverwechselbar machen. Ihr mir so vertrautes Gesicht aus der Lein-

wand auftauchen zu sehen, verlieh meinem Blick Halt in all dem rauschhaften Falten- und Taftwurf Ihres Kleides, dem, verzeihen Sie, schwülstigen Gewucher all des Blatt- und Rankwerks, in das der Maler Sie hier gedrängt hat und dem sich merkwürdig Ihre Locken nun anzuverwandeln drohten. Wie mir also angst wurde um Ihre Unversehrtheit, wurde ich Ihrer linken Hand gewahr, die eine kleine Papierrolle hielt, die über Ihre Finger glitt und auf der eine geschwungene Federschrift zu erkennen war. Ich näherte mich der Leinwand und las: »Possum, sed nolo«. –
Wenig Worte waren notwendig. Gainsborough verstand mit einem Male und fügte sich ohne jeglichen Widerspruch.
Wenn Sie also zurückkehren von Ihrer Kur, werden Sie Ihr Porträt in unserem Hause vorfinden, Seit an Seit mit dem meinen. Und es bleibt allein unserem Wunsch und unserer Erinnerung überlassen, derlei Deutungen nachzugehen – im Bild wie in unserem Leben. Wir können, aber ob wir wollen, werden wir sehen.
Ich hoffe, Ihre Nerven beruhigen sich in den Bädern.
Ich harre ungeduldig Ihrer Rückkehr.

Thomas

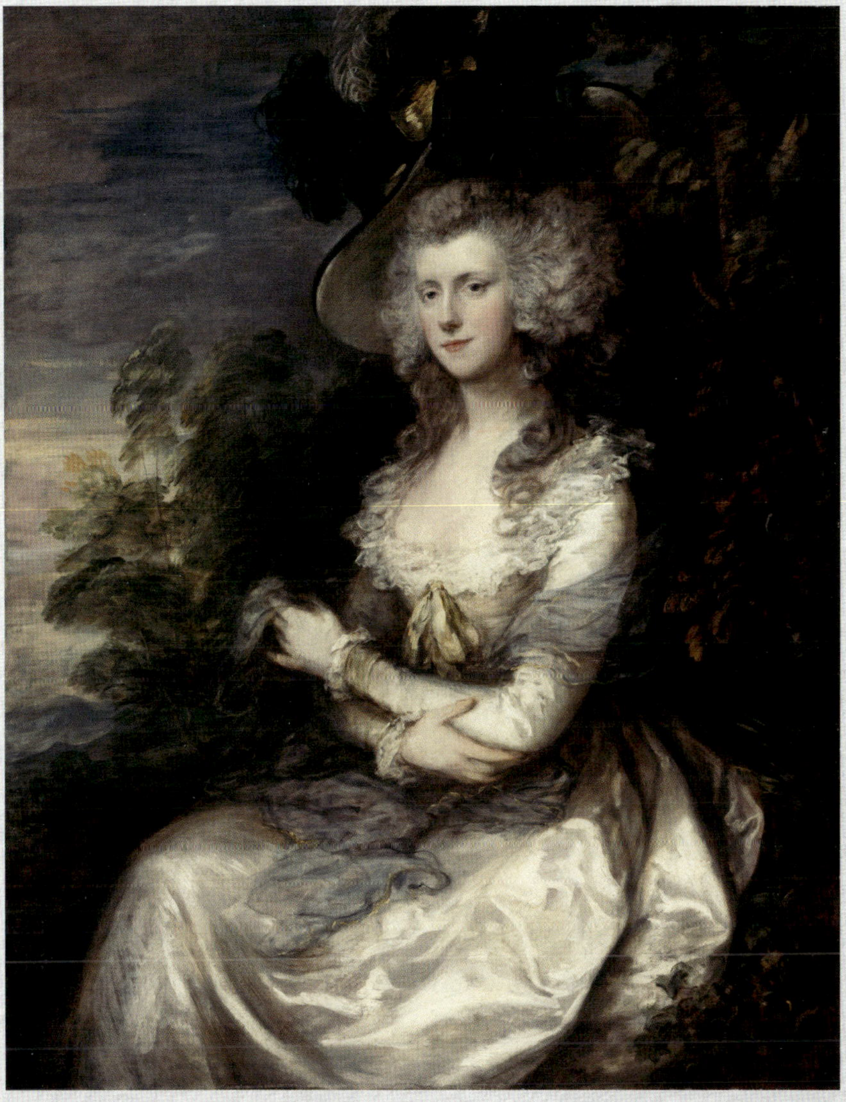

Thomas Gainsborough
Porträt Mrs. Thomas Hibbert
1786

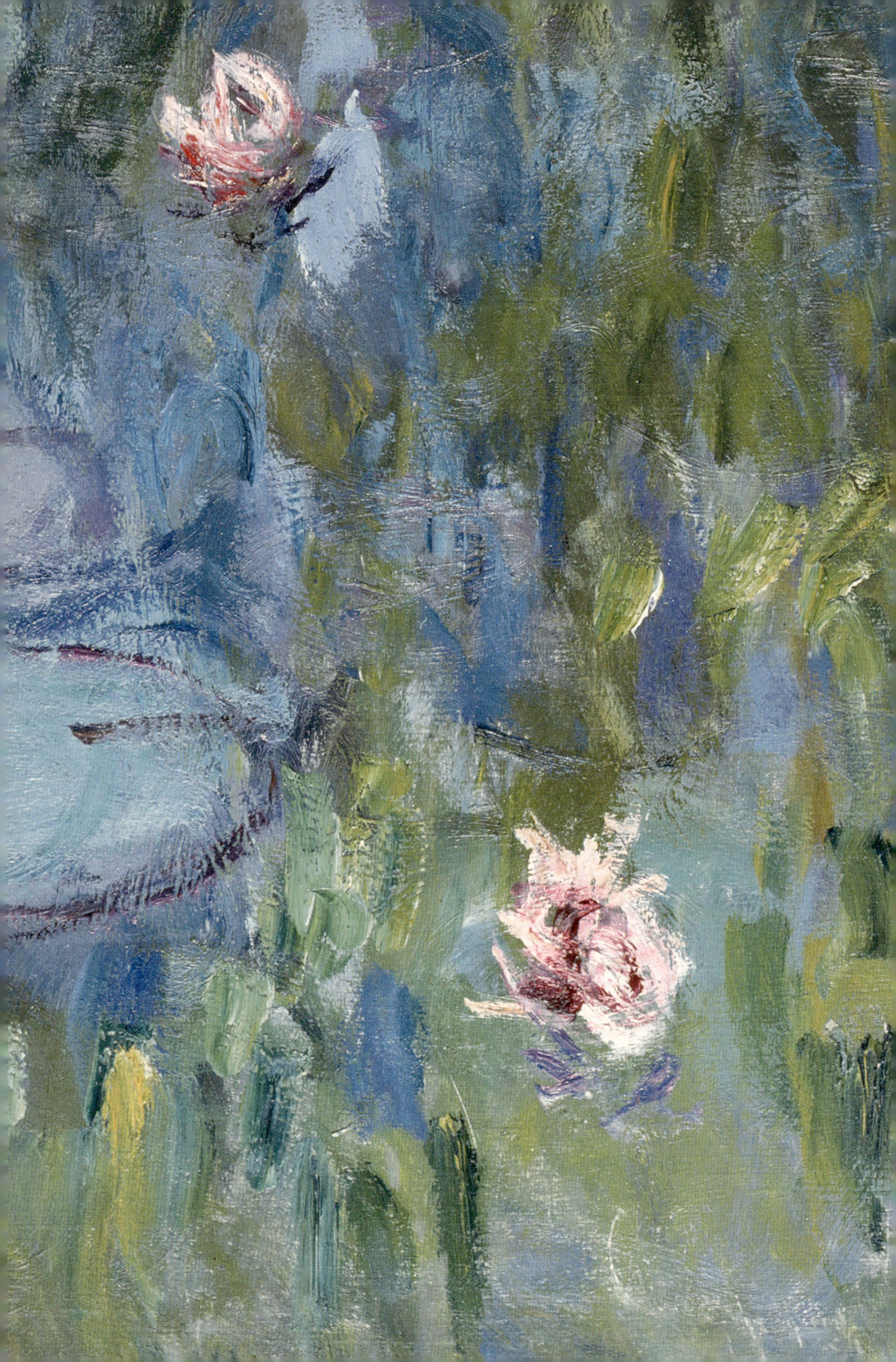

Wo müsste ich wohl stehen,
dass ich solch einen Blick hätte?
So von oben herab auf den
Teich, so direkt hinein in ihn,
hinauf auf die Wasser-, Blätter-
und Blütenhaut? Wo bist du,
Blau? Und du, Grün? Haltet mich,
ihr Blüten in Rosa und in Weiß!
Gerade dort, wo ihr senkrecht
herausragt, grünes Geranke, zieht
ihr mich ja hinein!

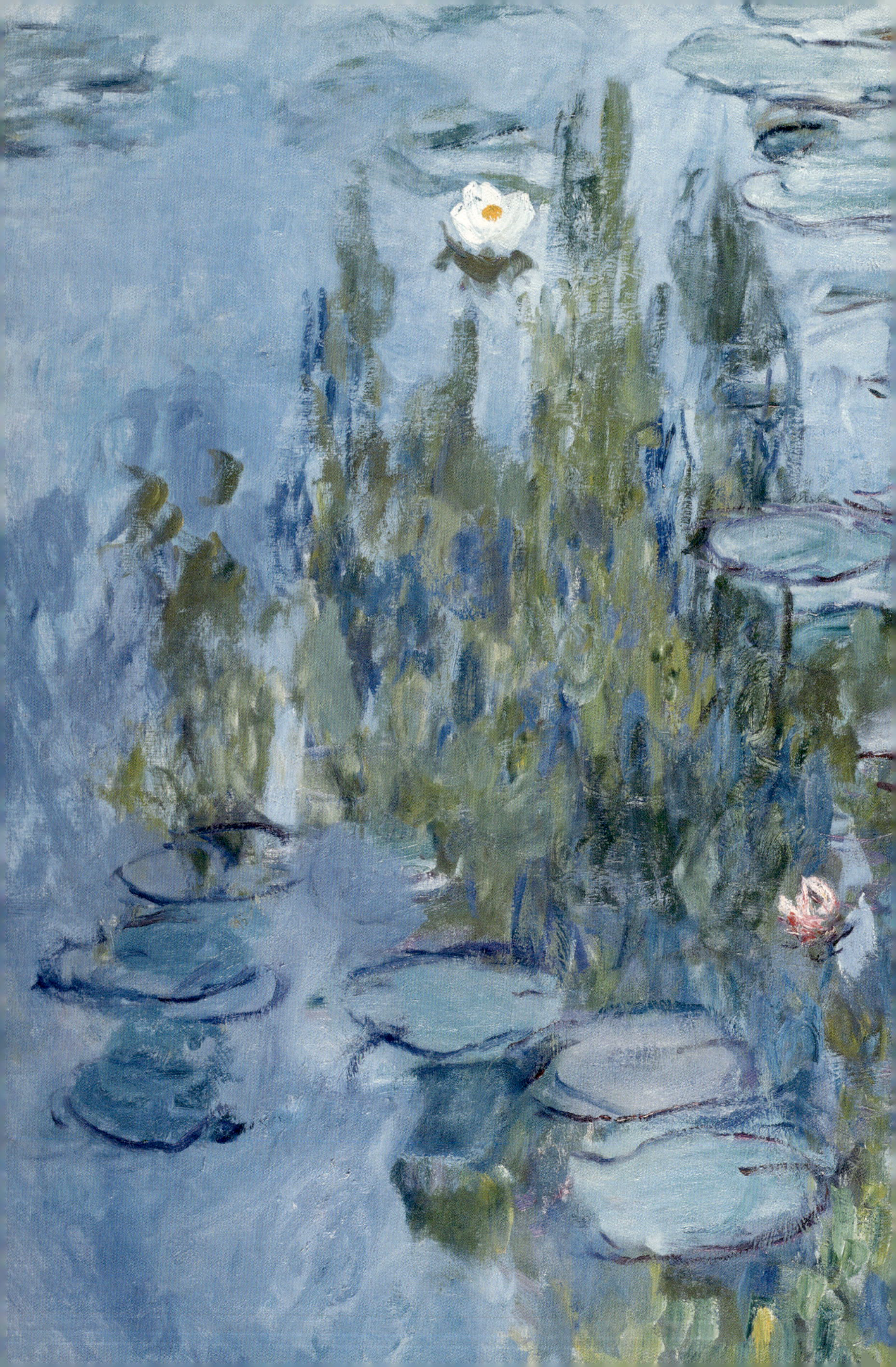

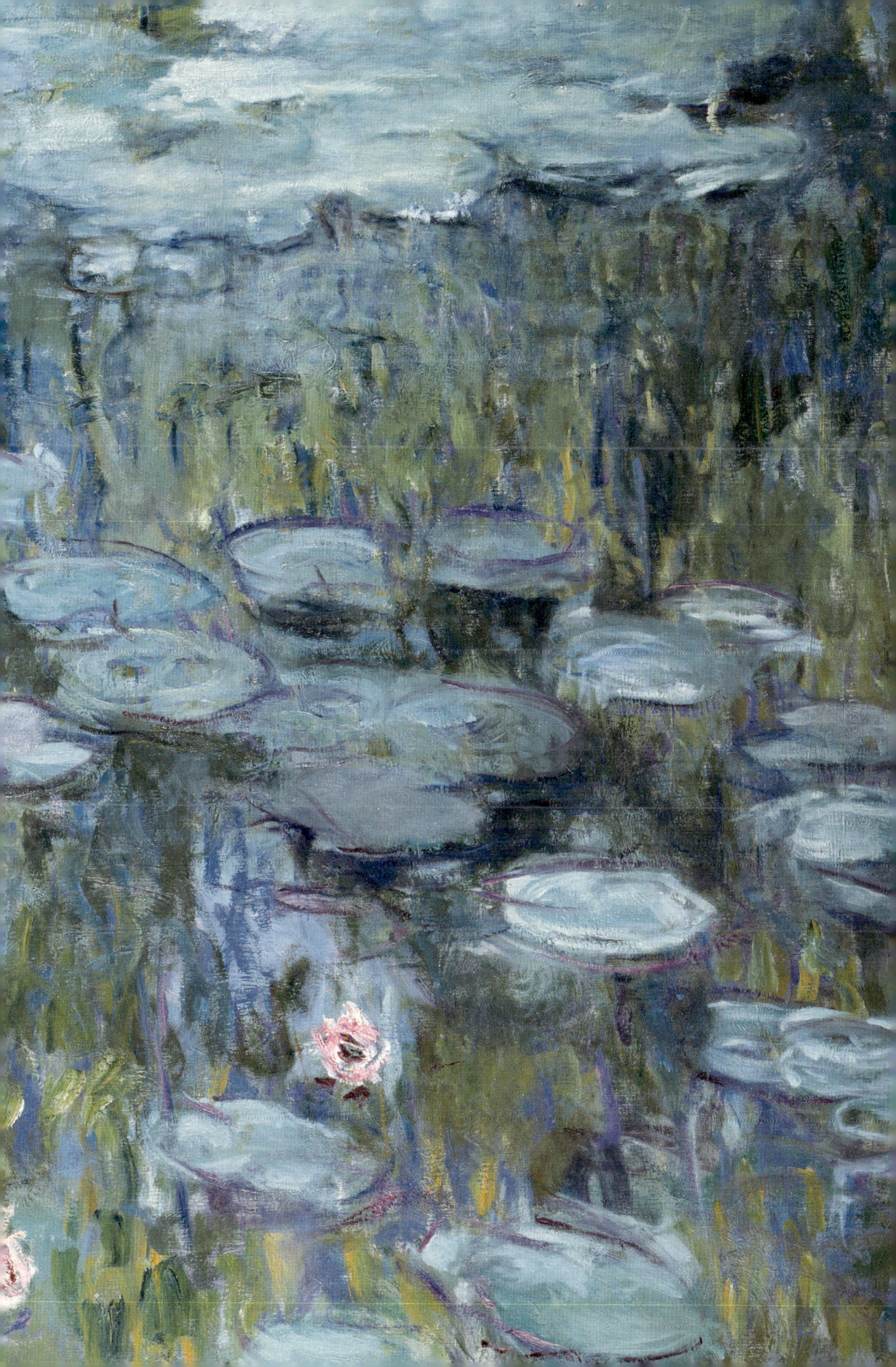

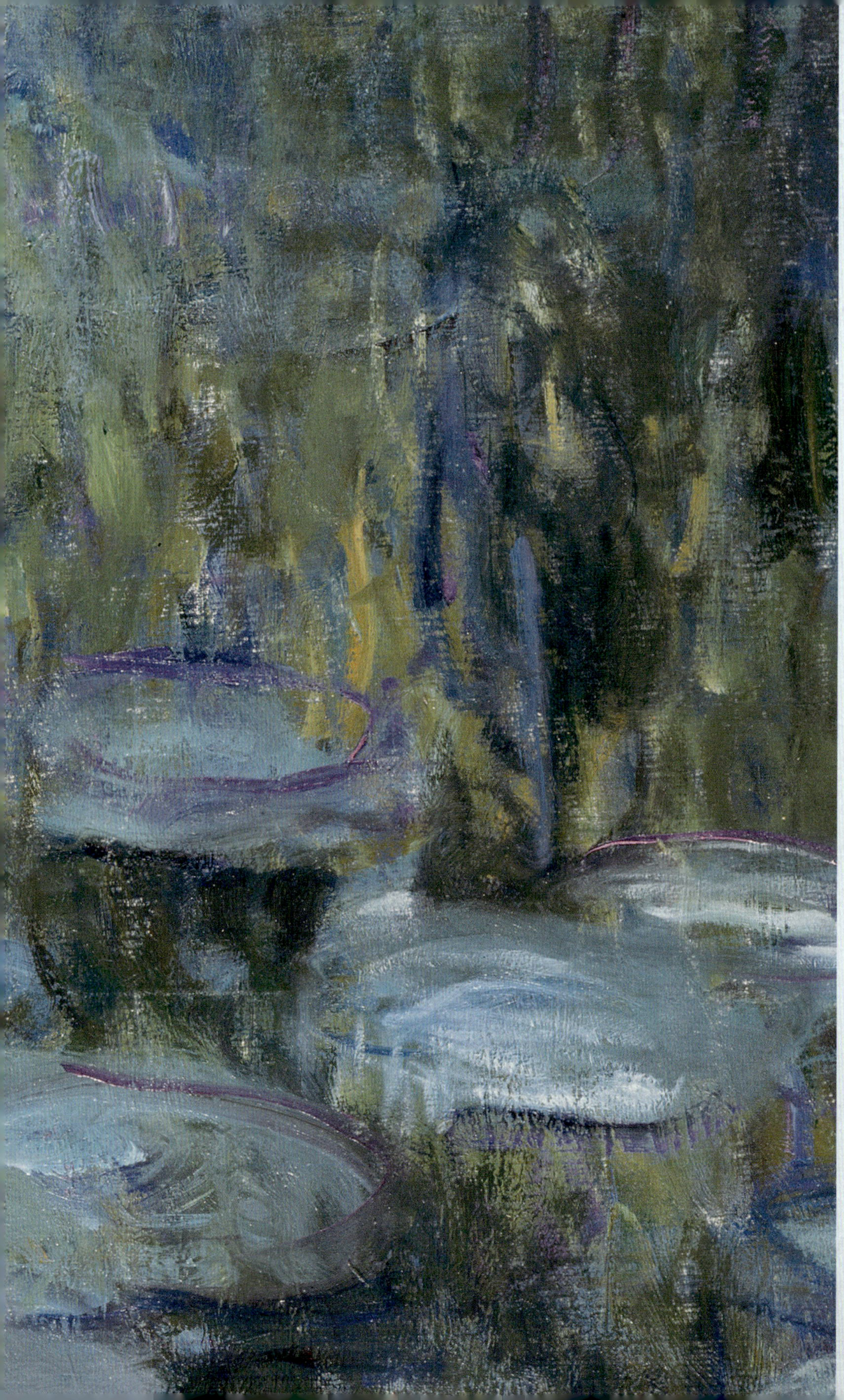

So blau kann das Wasser doch gar nicht sein – eher ein sumpfiger Pflanzenmorast, meine ich. Aber wie soll man denn wissen, wo alles beginnt, wo alles begann? Ich will es fortführen, das Bild. Nach oben hin in immer lichteres Blau, und das Blattrund der Seerosen löst sich nach und nach auf, treibt ineinander über zu grünmilchiger Suppe. Nach unten alles ein wenig härter und klarer in der Kontur, Farben ebenfalls entschiedener und ungemischt, schwimmt eine Blüte da, eins, zwei, drei Blütenblätterkränze kann ich zählen. Vermessen vielleicht, noch eine Libelle, einen Frosch erkennen zu wollen. Gebe acht, dass mir die eigenen Füße nicht ins Bild tappen. Nach links, da gleißt einem ein Licht entgegen, dass man gleich blinzelt und die Hand über die Augen hält. Ungewiss, was da noch kommt. Ein Steg vielleicht. Wenn drauf einer sitzt, guck ich schnell weg. Nach rechts schwemmt alles Grün, alles Blau ans Ufer, dient sich träge der trauernden Weide an, die weit hinein und über meinen Blick weht. Ihr dunkler Stamm stellt sich in den Weg, weiter lässt es sich hier nicht schauen. Über eine Wiese? Zu einem Haus? Ausgerechnet. Doch dort fänd ich vielleicht jemanden, der mit mir über den Teich schaut.

Zurück also. Keine Rührung vor so viel Bild! Obwohl sie zählbar sind, die Blüten, die Blätter, bleibt alles diffus und flüchtig. Was ich mir rings hinzumale, daran kann ich mich viel besser halten. Dass er mir aber diesen Stamm in den Weg gestellt hat, so einen knorrig derben – nein: ich mir … Ich könnte mich hinsetzen, anlehnen. Den Blick des Malers über den Teich fände ich dennoch nicht.

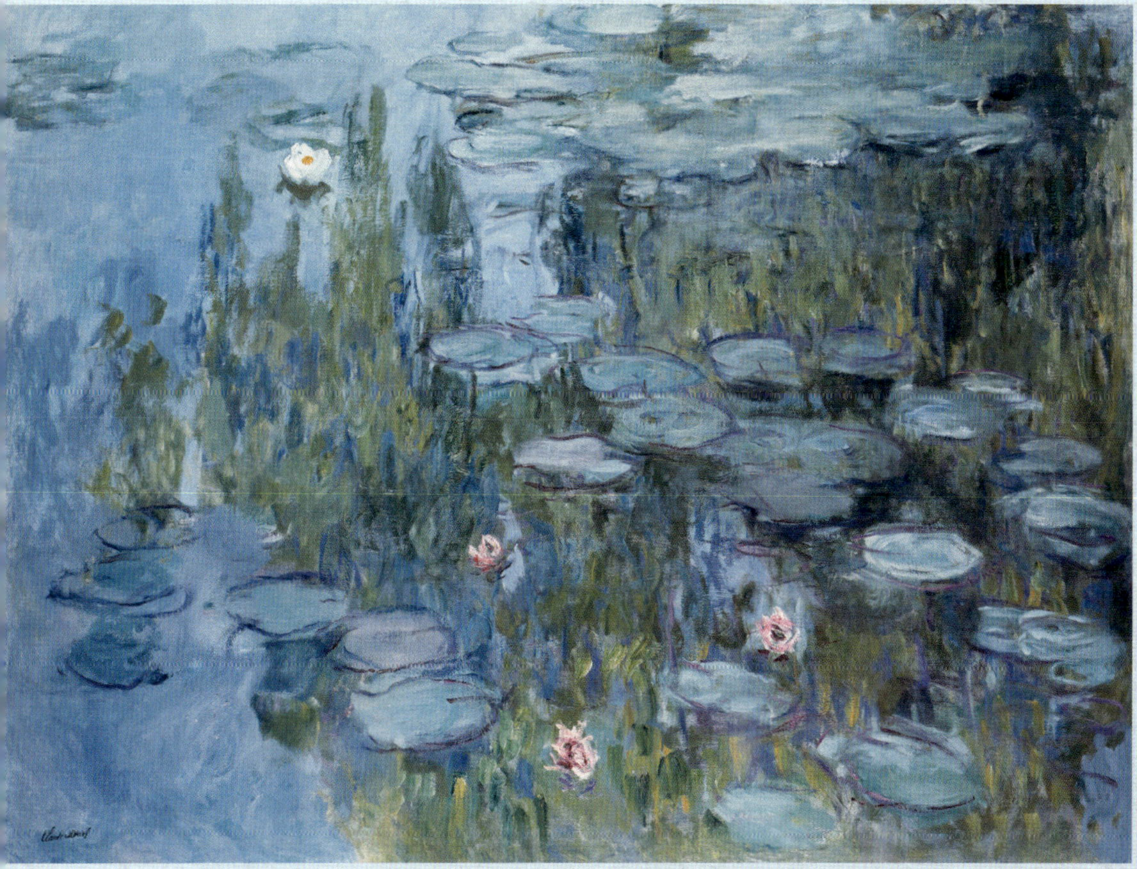

Claude Monet
Seerosen
um 1915

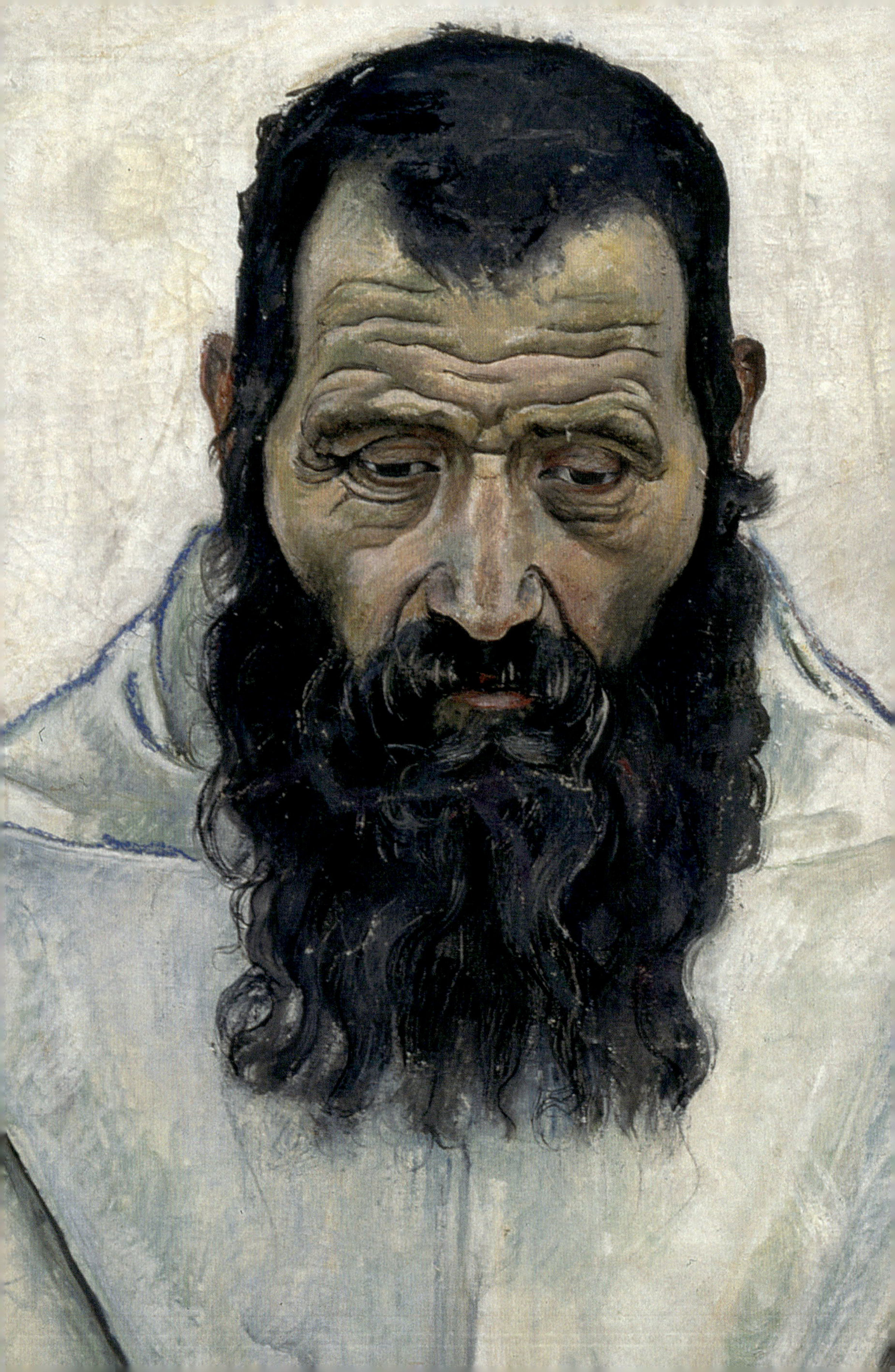

Werter Herr Hodler,

Es ist Ihre Schuld, dass ich mich
in einer höchst unangenehmen
Lage befinde. Ich wende mich an
Sie, weil nur Sie mir helfen können,
ja Sie sind verpflichtet, mich durch
Ihre schnellstmögliche Antwort
aus meinem Unglück zu befreien.

Gestern, am Sonntag, ging ich nachmittags mit meinen beiden Nichten, dreizehn und fünfzehn Jahre alt – ein in jeder Hinsicht schwieriges Alter – also wir gingen spazieren. Der Himmel trübte sich ein, und ich hielt es für geraten, den Park zu verlassen. Da mein Freund Hans von ***, der Ihnen bekannt ist, unweit in der Badstraße wohnt, klingelten wir an seiner Tür. Hans ließ uns ein, und noch ehe wir drei Sätze gesprochen hatten, standen wir vor seiner neuesten Erwerbung, Ihrem Bild! Wie mir das Blut beim Anblick dieser fünf alten Kerle gefror! – Ihr Titel kommt mir nicht mehr über die Lippen, und schreiben will ich ihn schon gar nicht. Er ist, ganz offen gestanden, unanständig.
Meine zwei Nichten wichen ebenfalls vor der Leinwand zurück. Wenn auch keiner dieser Männer die Augen auf sie gerichtet hatte, so wurden sie von deren Blicken, so will es mir jetzt scheinen, regelrecht durchbohrt. Ich wollte gerade meine Nichten an der Hand nehmen und aus dem Raum führen, als die Jüngere, die vor dem Elendsten zu stehen gekommen war, fragte: »Ist das Lazarus?«
Jesus hat Lazarus auferweckt, dieser aber hier sinkt geradewegs ins Grab, wo nicht förmlich auf einen selbst herab. Damit wollte ich nun endgültig gehen. Aber die Ältere setzte

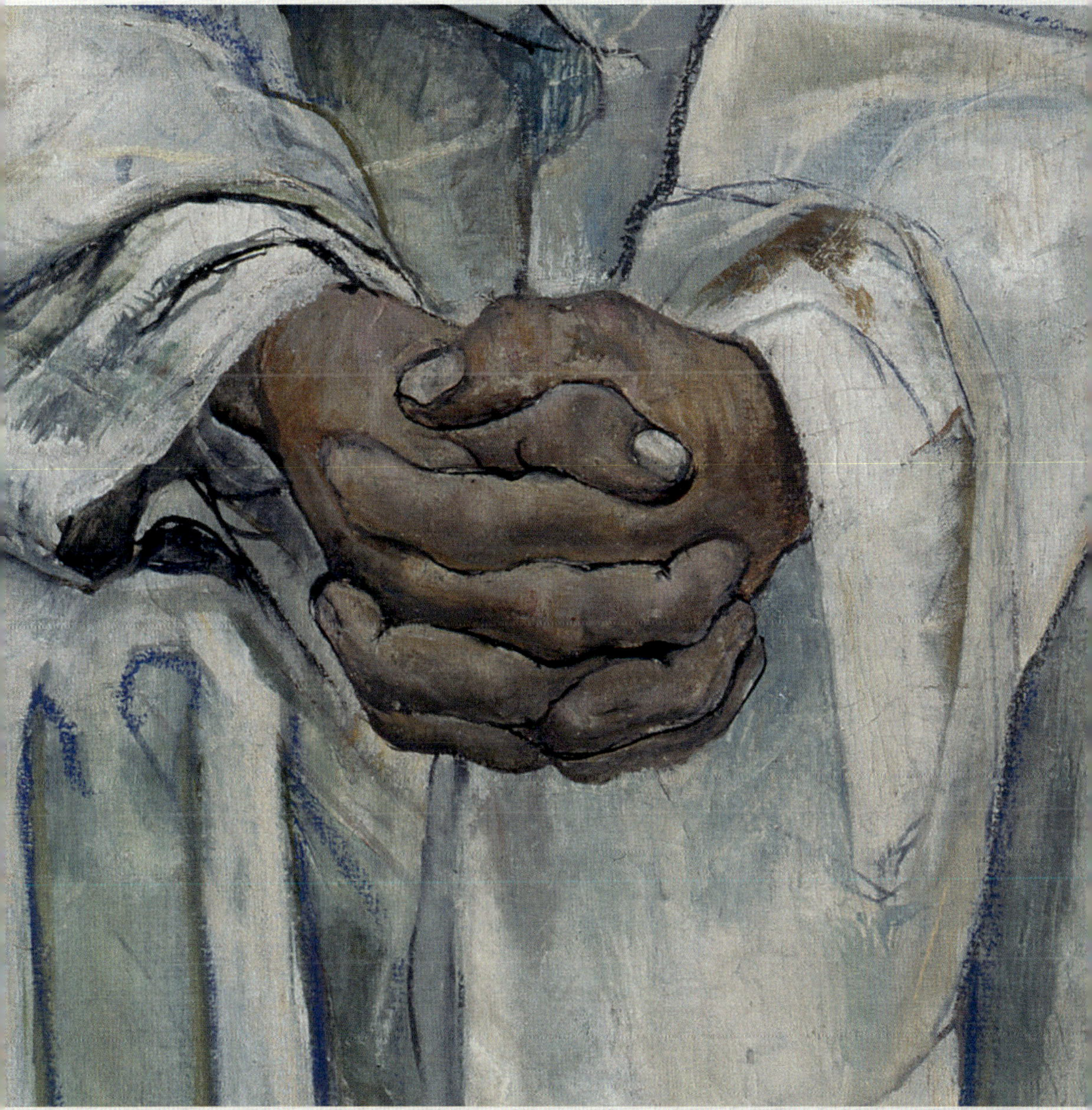

nach: »Worauf warten die Männer?« Ich konnte ihnen ja schlecht erzählen, sie würden hier im Wartezimmer eines Arztes sitzen. Mein Freund verkündete daraufhin triumphierend den Titel. Nun war die Sache in der Welt und ich konnte sehen, wie damit fertig werden. Ich verbat mir jedes weitere Wort von ihm, als er begeistert von Ehrlichkeit, Tiefe und Tod schwadronierte.

Meine Nichten ließen zwar Frage auf Frage folgen, gleichwohl war keine davon gemacht für eine Antwort, die dieses Bild hätte geben können. Was haben diese Männer denn erlebt? Kennen sie einander? Wie lange werden sie da noch sitzen? Haben sie keine Frau? Kein Kind? Und und und ...

Ich hörte ihnen schon gar nicht mehr zu. Ein Verzweifelter, von mir aus, aber gleich fünf, eine Phalanx der Todessehnsucht? Ist denen denn nur noch diese eine Geste geblieben, um sich zusammen-, um sich im Leben zu halten? Und diese abschätzigen und herausfordernden Blicke, als gäbe es keinen menschlichen Zuspruch mehr für sie in dieser Welt und – schlimmer noch! – keinen göttlichen Trost, der ihnen den Himmel nach diesem irdischen Jammertal verheißen würde.

Vor allem aber ihre Teilnahmslosigkeit: Würde der Bruder in ihrer Mitte dahinsinken, sie wären nicht mehr gerührt davon als von einem herabfallenden Blatt. Was für eine Provokation! Dieser überalterte Christus in ihrer Mitte, gibt es denn keine Auferstehung für ihn?
Selbst meine Nichten spürten, dass da etwas auf dieser Leinwand ist, was sie bisher nicht in der Welt vermuteten und für das es keinen Trost gibt. Ja, es ist die Trostlosigkeit, die mich so empört!
Was in aller Herrgotts Namen hat Sie dazu verleitet, diese Gestalten zu erfinden? Warum zeigen Sie nicht die Schönheit des Lebens? Warum zeigen Sie uns nicht das Glück, uns, die wir doch leben wollen!
Ich stehe nun da vor aller Welt als Unhold, als der Schuldige, der die Mädchen hässlichsten Einflüssen aussetzt, Einflüssen, an denen alle Erziehung, aller Glaube, alle Versprechen zuschanden werden. Nachdem meine Nichten zu Hause sogleich mit geröteten Wangen von dem Bild erzählten, untersagte mein Schwager mir strikt weitere Spaziergänge mit ihnen.

Schreiben Sie mir, dass Sie sich geirrt haben, dass
es unvollendet, besser noch, dass Ihr Bild misslungen ist!
Geben Sie mir etwas, um den bösen Zauber zu lösen!
Was soll Ihr Talent, das ich nicht bestreiten will,
wenn Sie es für so etwas Niederschmetterndes nutzen,
das niemand sehen und haben will?
Mit Hans von *** bin ich fertig. Tun Sie etwas, dass
ich es nicht auch mit Ihnen bin!

In Erwartung Ihrer unverzüglichen Antwort verbleibe ich

Walther Eugen Habrecht
Studienassessor

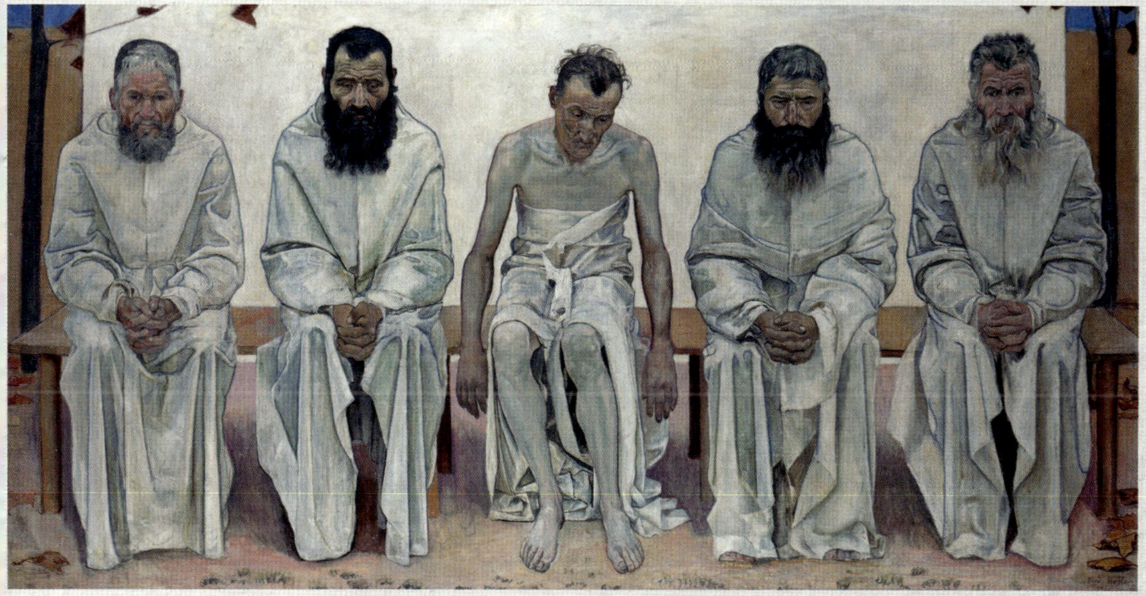

Ferdinand Hodler
Die Lebensmüden
1892

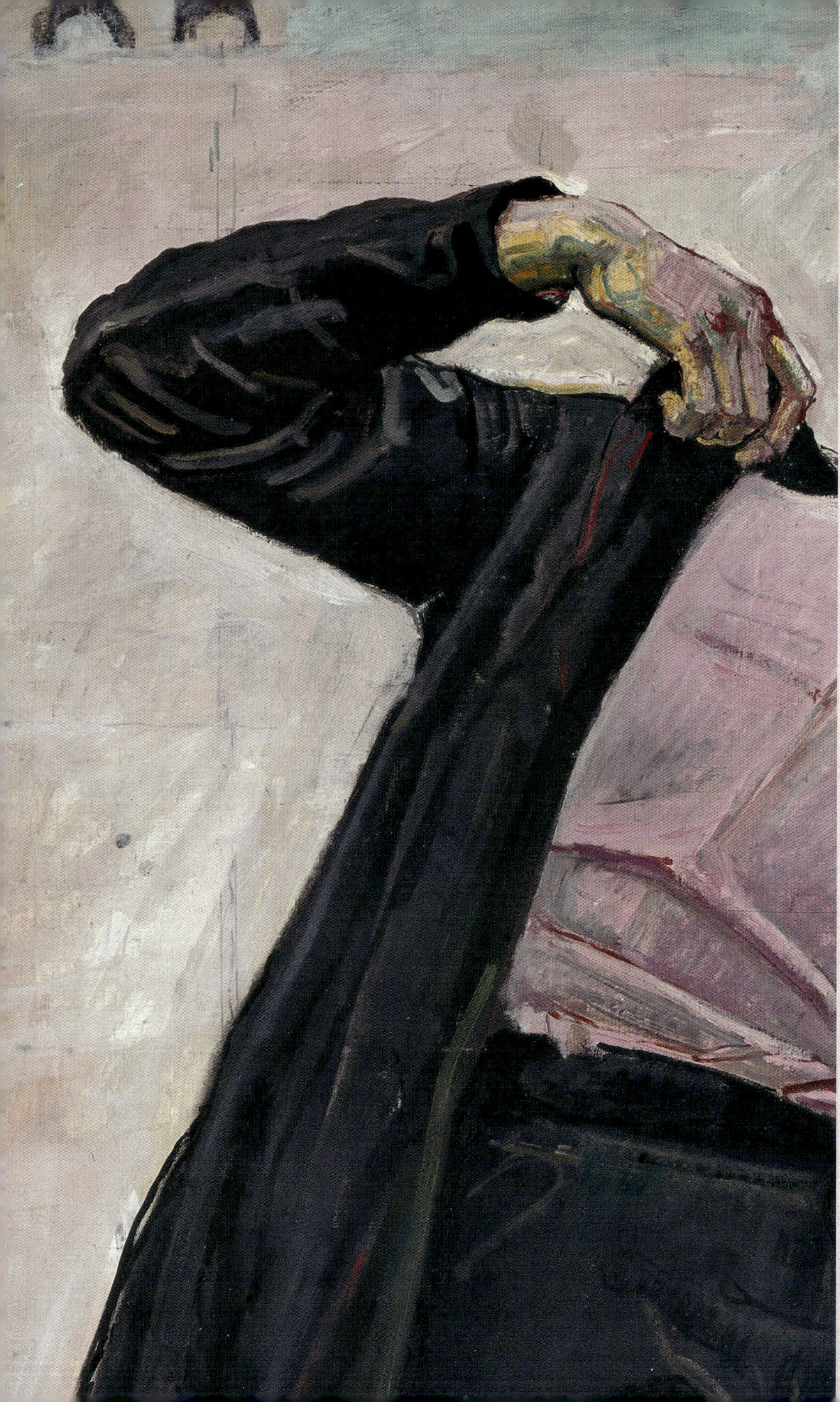

Fast hundert Jahre später
malt mich ein Maler. Dankbar
sollte ich ihm sein. Und komme
mir doch vor wie eine Figur
auf einer Spielkarte. Wie viele
Punkte bringe ich? Und wem?
In wessen Spiel?

Die Franzosen sind unerträglich. Gegen die kämpfen wir. Andere sind auch unerträglich. Sind unerträglicher. Darüber flüstern wir. Gegen die kämpfen wir nicht. So viele Gedanken hat man nur ohne Uniform. Wenn die erst mal sitzt, so richtig sitzt, ein fester Halt für die Brust, und die Mütze mir das Haar verdeckt und mich ähnlich macht allen anderen Köpfen … Wenn erst das Hemd, gestärkt und gebügelt von Mutter und Schwester, wenn erst das Hemd unterm Rock verschwindet, bin ich nicht mehr allein, dann muss ich mich nichts mehr fragen, nicht mehr den eigenen Gedanken nach …
Aber noch gebe ich meinen Tanz. Was führt mir den Schritt? Ausfall nach vorn, in die Hüfte gekippt, der Schwung vom hinteren Bein, auf dem ich sicher stehen sollte. Und Schulter und Kopf geneigt, Arme und Hände drehen als Arabeske um den Rumpf, nach oben links über die Schulter, nach unten rechts und hinten zum Steiß – ich ranke mich hinein, in das Geschirr, in die Uniform, spreize die Schenkel für den breiten Pferderücken – da hör ich schon den Takt, den Gleichschritt der Bataillone, den Hufschlag unserer Jäger. Auch ich werde mich einreihen in die Eskadron, hineinwachsen ins Spalier aller Soldatenherrlichkeit.

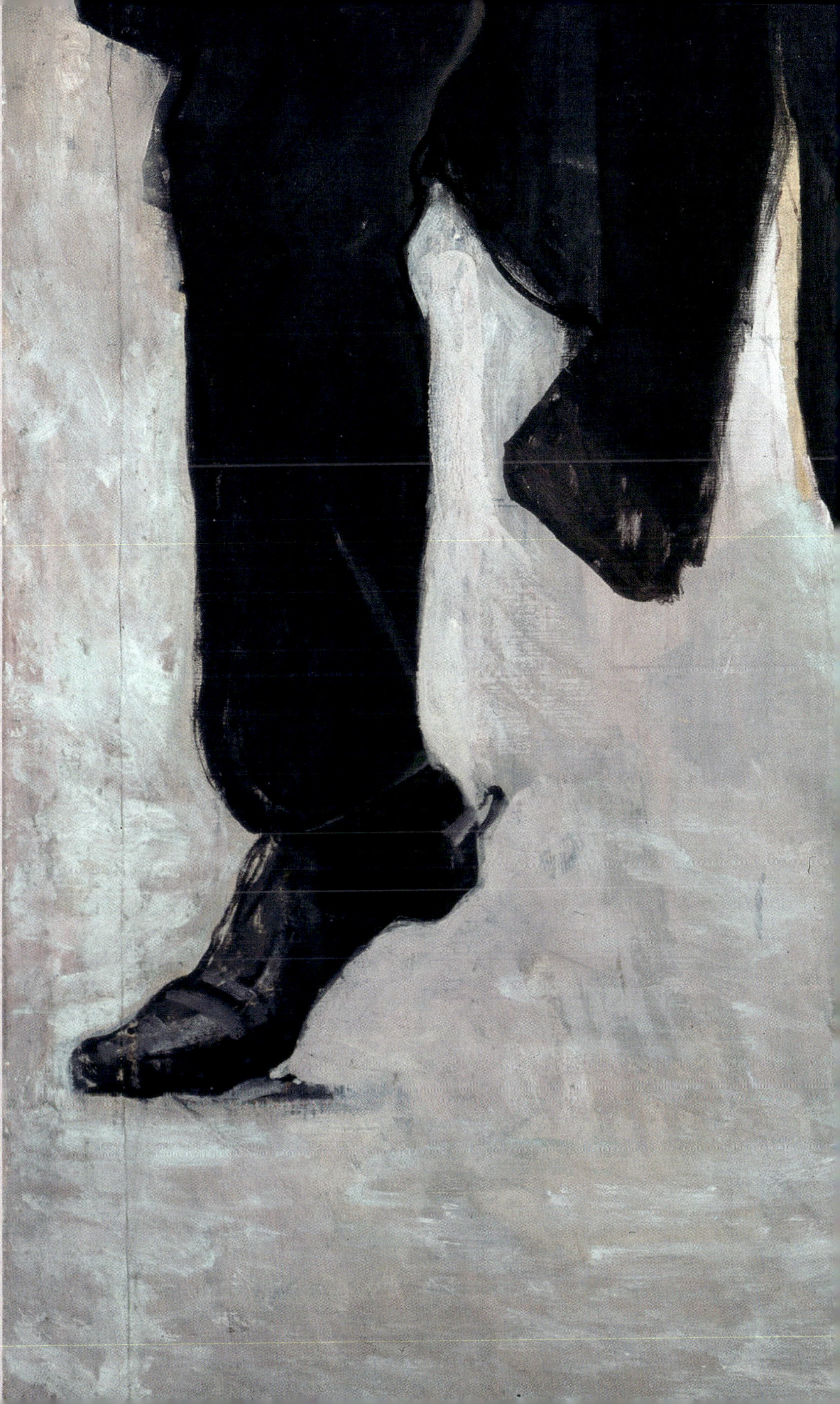

Wenn erst die Waffe am Rücken drückt oder längs dem Schenkel, dann werde ich wissen, was ich zu tun hab. Dann muss ich Trumpf sein, muss ich triumphieren. Keine Gedanken daran, abgeworfen zu werden, gestochen von anderen Karten von anderer Farbe, anderem Wert.
Hab ich je einen solchen Tanz einst um der Bücher willen gemacht? Hab ich mich je eingereiht, Schulter an Schulter, für einen Funken mehr an Wissen, an Geist? Für die Lust an einem Gedicht? Den rhetorischen Kunstgriff? Einen Gewinn?
Ich zaudere nicht! Hinein! Mutter, Schwester, keine Sperenzchen! Gleich werdet ihr mich nicht mehr erkennen unter all den anderen, so wie deren Mütter und Schwestern und Liebste sie nicht wiedererkennen. Die Trommel rüttelt uns Körper und Kopf in den Gleichschritt, unsere Pferde in den gleichen Trab.
Und du nun, Maler, dich schaue ich nicht an. Ich könnte mich mit Schwung herumdrehen. Dann hättest du den Studenten und Soldaten von hinten wie eine verdeckte Spielkarte. Fehlfarbe oder Trumpf? Was änderte das?

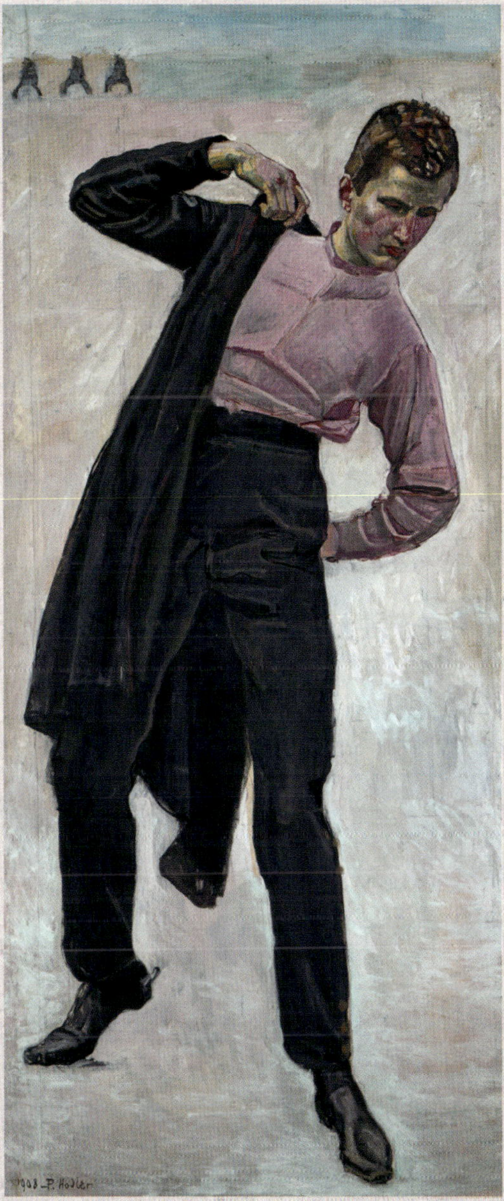

Ferdinand Hodler
Jenenser Student
1908

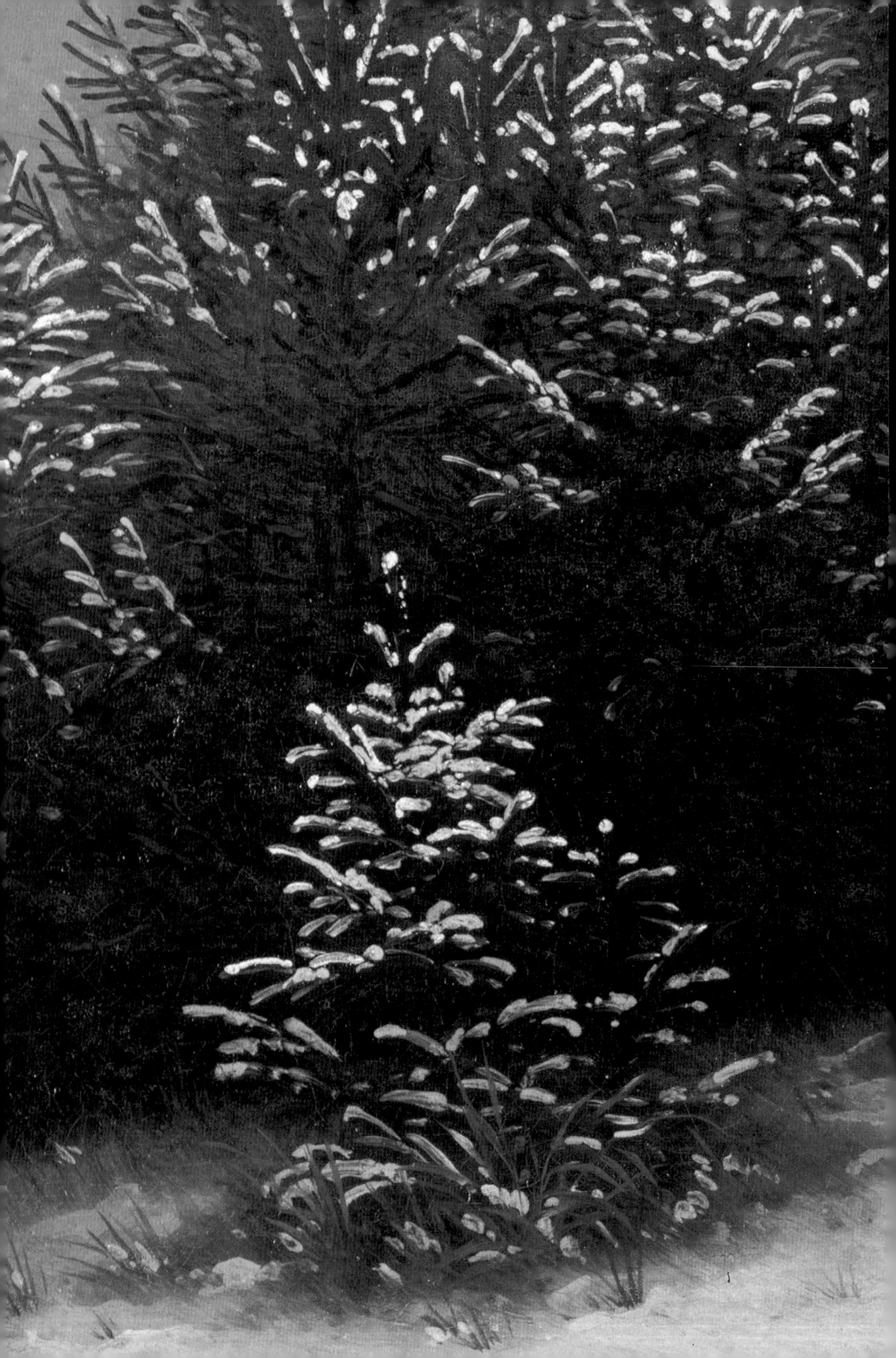

ER Gibt es irgendeinen Grund,
vor diesem Bild länger als
einen Augenblick zu verweilen,
es sei denn, man möchte
lernen, wie man Schnee auf
Fichten malt? Und gibt es
irgendetwas darüber zu sagen,
das nicht schon der Titel
Fichtendickicht im Schnee beschreibt?

SIE Ich stehe hier immer lange. Ich brauche gar nicht mehr als diese Bäume, den Schnee, das Licht, Himmel. Die Welt wie durch ein Guckloch.

ER Das ideale Reklameschild eines jeden Weihnachtsbaumverkäufers!

SIE Das würde ich mir dann auch lange ansehen.

ER Aber nur, weil da in Klammern von der Dresdner Heide die Rede ist, weil du als Kind dort warst.

SIE Nein, doch nicht deshalb!

ER Hast du aber gesagt! Alle Märchen, die man dir vorlas, spielten für dich in der Dresdner Heide! Oder etwa nicht?

SIE Ja, schon, aber solche Fichten habe ich da nie gesehen. Als käme es darauf an, was auf einem Bild dargestellt ist.

ER Das sollte mich schon interessieren, was darauf zu sehen ist.

SIE Und warum interessieren dich diese Bäume nicht?

ER So meine ich das nicht. Aber auf anderen Bildern ist was los – da sind wenigstens Gesichter, die einen ansehen. Oder zumindest eine Wildheit des Malerpinsels, eine Handschrift, irgendein Gefühl des Malers. Hier springt einen nichts an, gar nichts. Hier empfinde ich nur penible Langeweile.

SIE Doch. Du selbst musst nur lang genug hinsehen. Jedes Bild, wenn es gut ist, zeigt dir die Welt.

ER Das hier zeigt mir bloß Fichten im Schnee.

SIE Zuerst dacht ich auch: Der hat ja Mut, uns einfach so ein paar Bäume auf die Leinwand zu malen, allzu pinselgenau. Aber gerade das, was man nicht versteht oder nicht gleich versteht, ist vielleicht lohnender als das, bei dem man den Mund aufreißt. Je länger ich auf das Dickicht blickte, umso mehr hatte ich das Gefühl, ich würde eine Stille genießen, als sei ich dem Lärm entflohen und der Aufregung. Immer mehr Bäume sah ich, und ich erkannte sie nur, weil der Schnee ihre Zweige nachzeichnete, so wie die hellbraunen abgestorbenen Zweige dem Dickicht Tiefe geben. Je mehr ich mich mühte, es mit den Augen zu durchdringen, umso dichter schien es zu werden. Es stellte sich meinem Blick in den Weg und ließ ihn nicht mehr los. Es lenkte ihn nach oben. Und für einen Moment dachte ich, das ist ja gemalt wie die Kreuzigung auf Golgatha, die drei hohen Fichten wie die drei Kreuze, und davor stehen Figuren, eine ähnliche Komposition.

ER Da braucht man aber wirklich Phantasie … Auf dem Reklameschild stünde dann »Fichten vom Golgatha«. Entschuldige. Ich mag den Himmel.

SIE Es braucht eine Weile, bis man den Himmel sieht, oder?

ER Vielleicht. Irgendwie wächst der Blick mit den Bäumen empor. Vielleicht hat er die Bäume nur wegen des Himmels gemalt. Ohne das Fichtengrün käme der sonst gar nicht zur Geltung.

SIE Oder er hat den Himmel wegen der Bäume gemalt.

ER Und den Sand und den Schnee davor auch.

SIE So eine rosafarbene Abendstimmung – die gibt es doch nur im Winter, oder?

ER Ich denke schon. Die Wolken, in denen sich das erste Abendrot verfängt. Man weiß nicht, ob es noch aufglühen wird oder bereits am Verlöschen ist.

SIE Es weckt die Sehnsucht nach dem Frühling.

ER Nach den Bergen und dem Wandern.

SIE Aber das Fichtendickicht hält einen fest an Ort und Stelle.

ER So wie uns das Bild hier festhält an Ort und Stelle.

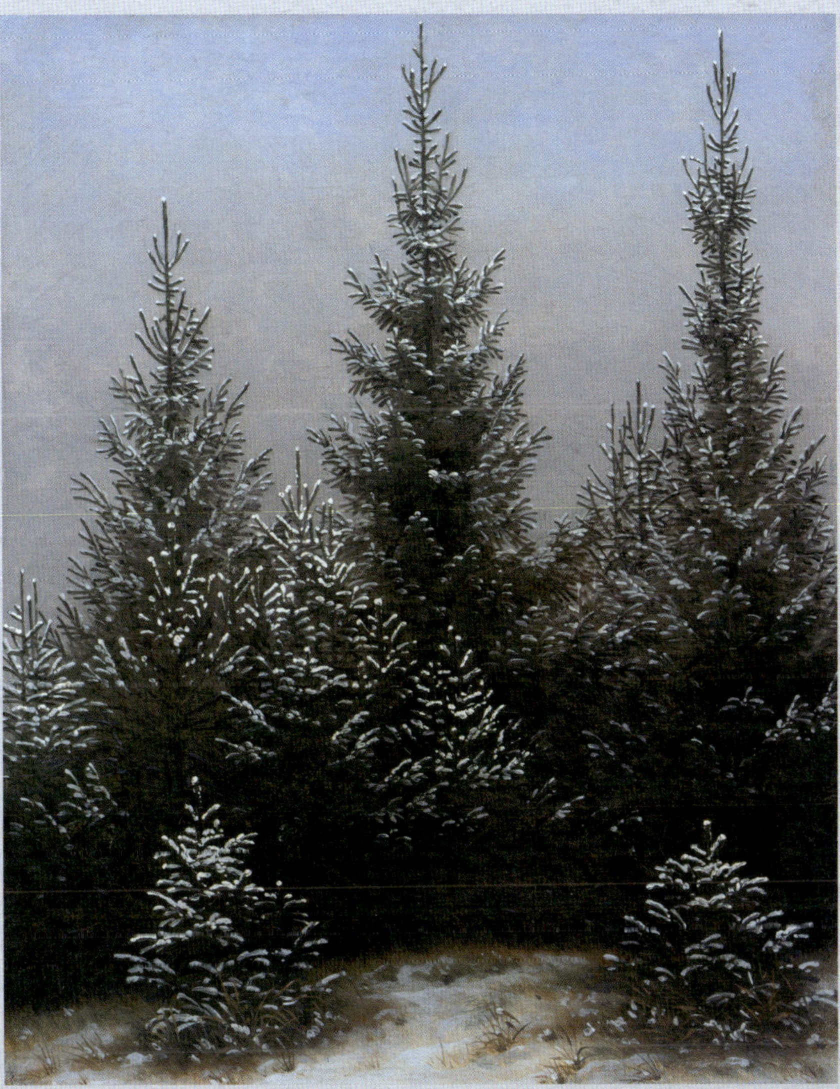

Caspar David Friedrich
Fichtendickicht im Schnee
(Aus der Dresdner Heide I),
um 1828

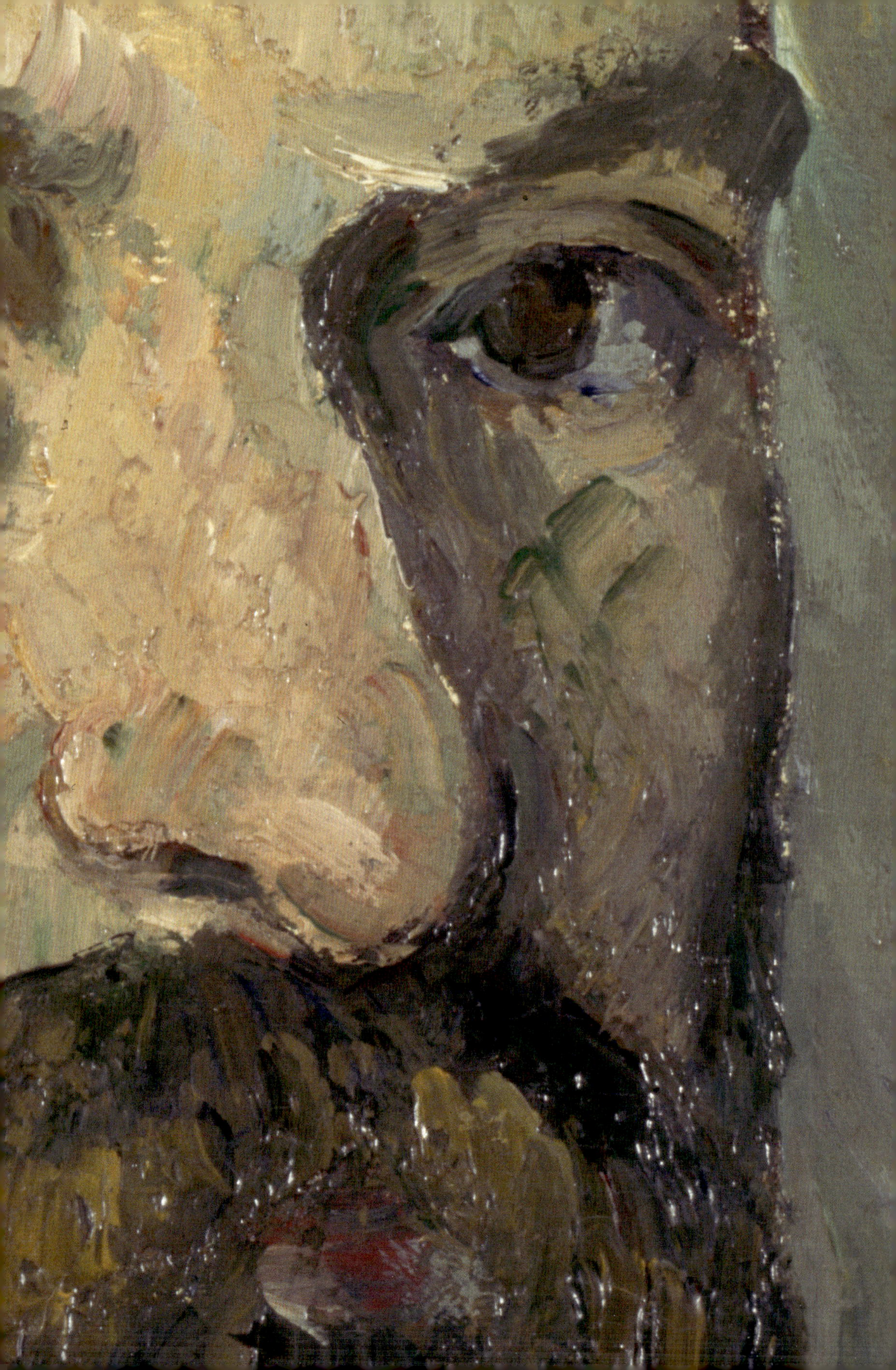

Ich habe Sie gesehen, und Sie
erlaubten mir, Sie zu küssen; von
diesem Augenblick an hat mich
eine tiefe Unruhe ergriffen, die nicht
enden will. Sie werden die Freiheit,
Ihnen zu schreiben, entschuldigen
wollen, die sich angesichts Ihrer
ein angstgequälter Geist heraus-
nimmt. Ist es nicht allemal besser,
ein Gefühl ganz zu erklären als
es zu verbergen?
Warum verschweigen, so sagte
ich mir, was deine Qual ausmacht?

Ist es denn nicht eine Linderung des Leidens, wenn man ihm erlaubt, sich auszusprechen? [1]
Ich kann Ihnen nicht sagen, wie oft ich schon das Blatt wieder zerrissen habe, auf dem ich begann. Nun schicke ich Ihnen mein Bild. Ich habe es, seit ich es malte, nicht wieder angesehen, ein Tuch verhüllte es, nicht so sehr vor Besuchern, sondern vor mir selbst. Und das, was ich selbst nicht sehen wollte, schicken Sie mir?, werden Sie fragen. Ich weiß mir nicht anders zu helfen. Einen besseren Brief habe ich nicht.
Ich benutze den Spiegel nur, um mir gelegentlich den wild gewordenen Bart zu stutzen – und bei den Selbstporträts. Die Vorstellung, jemand außer mir könnte mein gemaltes Antlitz zu Gesicht bekommen, ist mir seit jeher unangenehm. Und doch komme ich nicht umhin, mich mit meinen Mitteln zu befragen und mir von Zeit zu Zeit ein Selbst-Bildnis zu machen. Diese stolze Tradition meiner Zunft kommt ja nicht von ungefähr.
Mir liegt viel daran, Ihnen zu sagen, Ihnen zu zeigen, mit wem Sie es zu tun haben. Und zu wem der Mund gehört, der sie geküsst hat. Ich zog also das Tuch weg – und lachte. Ich lache selten. Und wenn, dann nicht allein. Aber jetzt musste ich lachen, lauthals lachen!

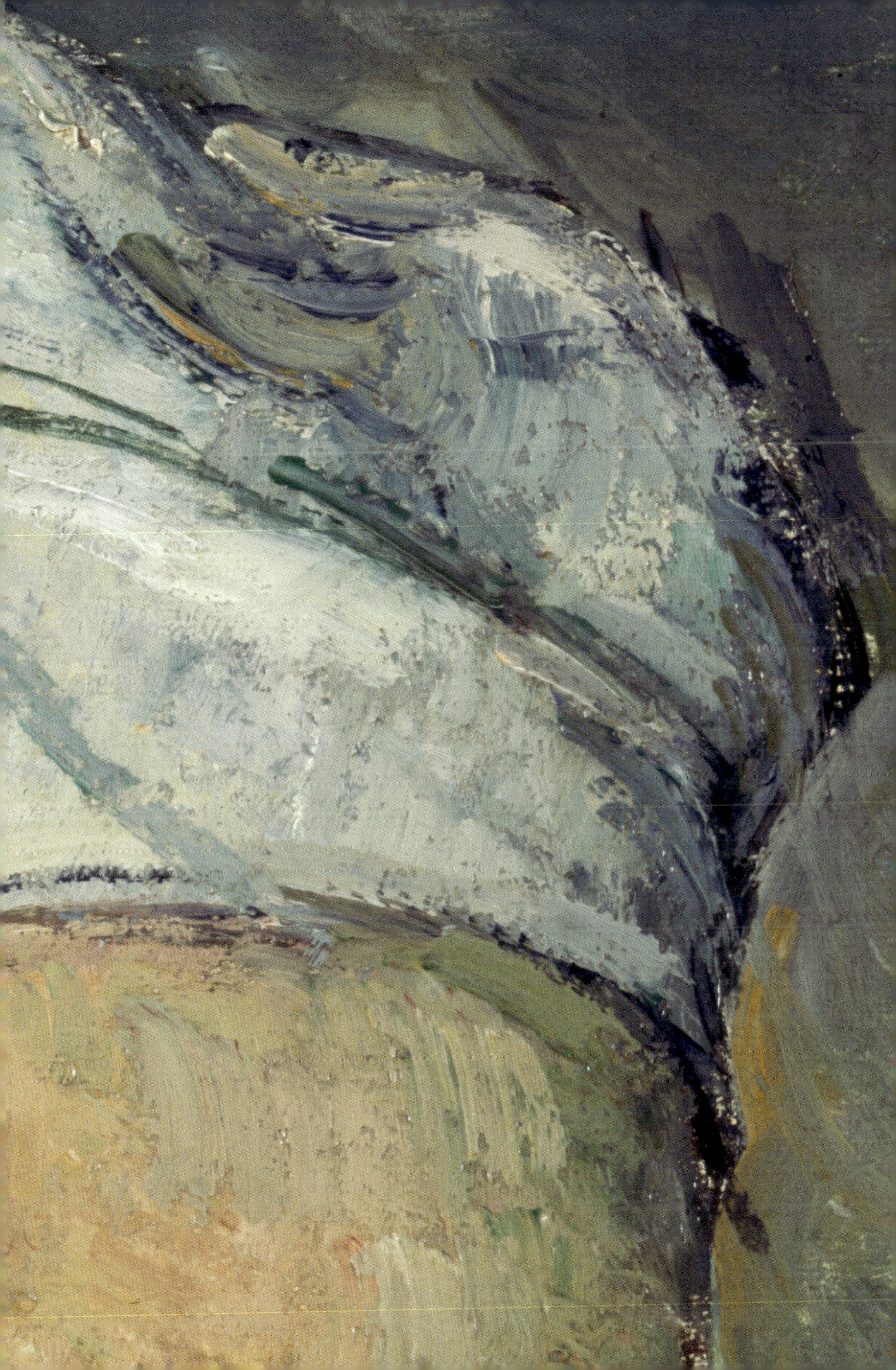

Dieser Mensch, dieser ernste Narr da soll ich sein? Werden Sie etwas anderes sehen als das, was Sie sahen, als wir uns trafen, und als das, was Ihnen Ihre Erinnerung eingibt? Worin unterscheidet es sich von dem, was heute jeder Photograph zu zeigen vermag? Ich kann mich nicht daran erinnern, ob ich im Sitzen oder im Stehen malte, wo etwa der Spiegel, wo die Staffelei stand. Ich erinnere mich jedoch, dass ich noch ein anderes gemalt habe, eines ohne häusliche Krone, und noch eins, das ich schon nach ein paar Tagen wieder übermalte.
Ich weiß wohl, dass dieses Bild, dessen verwegene und voreilige Übersendung zudringlich erscheinen mag – als würde ich mich damit um die Stelle eines Hofmalers bewerben! –, mich Ihnen durch nichts anderes zu empfehlen im Stande ist als durch die Art und Weise, wie ich es gemalt habe. Sicher, dann hätte ich Ihnen genauso gut einen Baum oder meinen Berg als Bild schicken können oder besser noch einen Strauß Blumen, aber ich wollte nicht feige sein. Denn auch wenn ich sonst kein Held sein mag, feige bin ich in meinen Bildern nicht.

Ganz der Ihre
Paul Cézanne

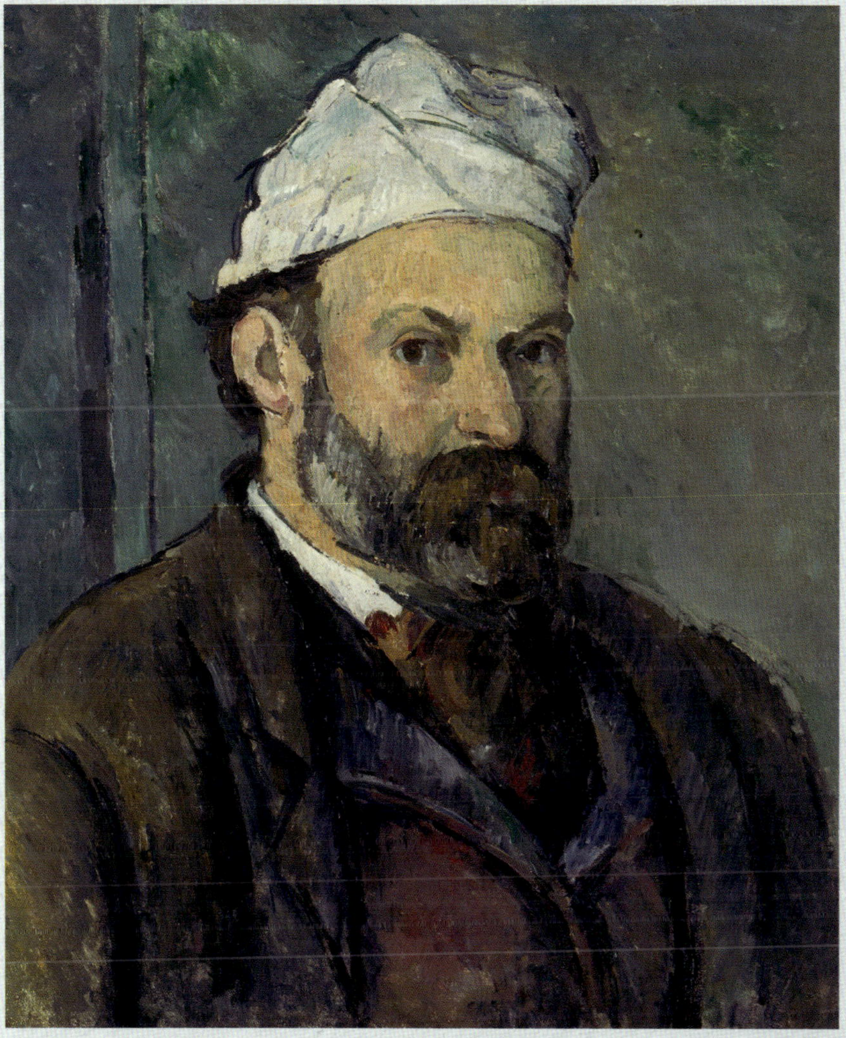

Paul Cézanne
Selbstbildnis
um 1880

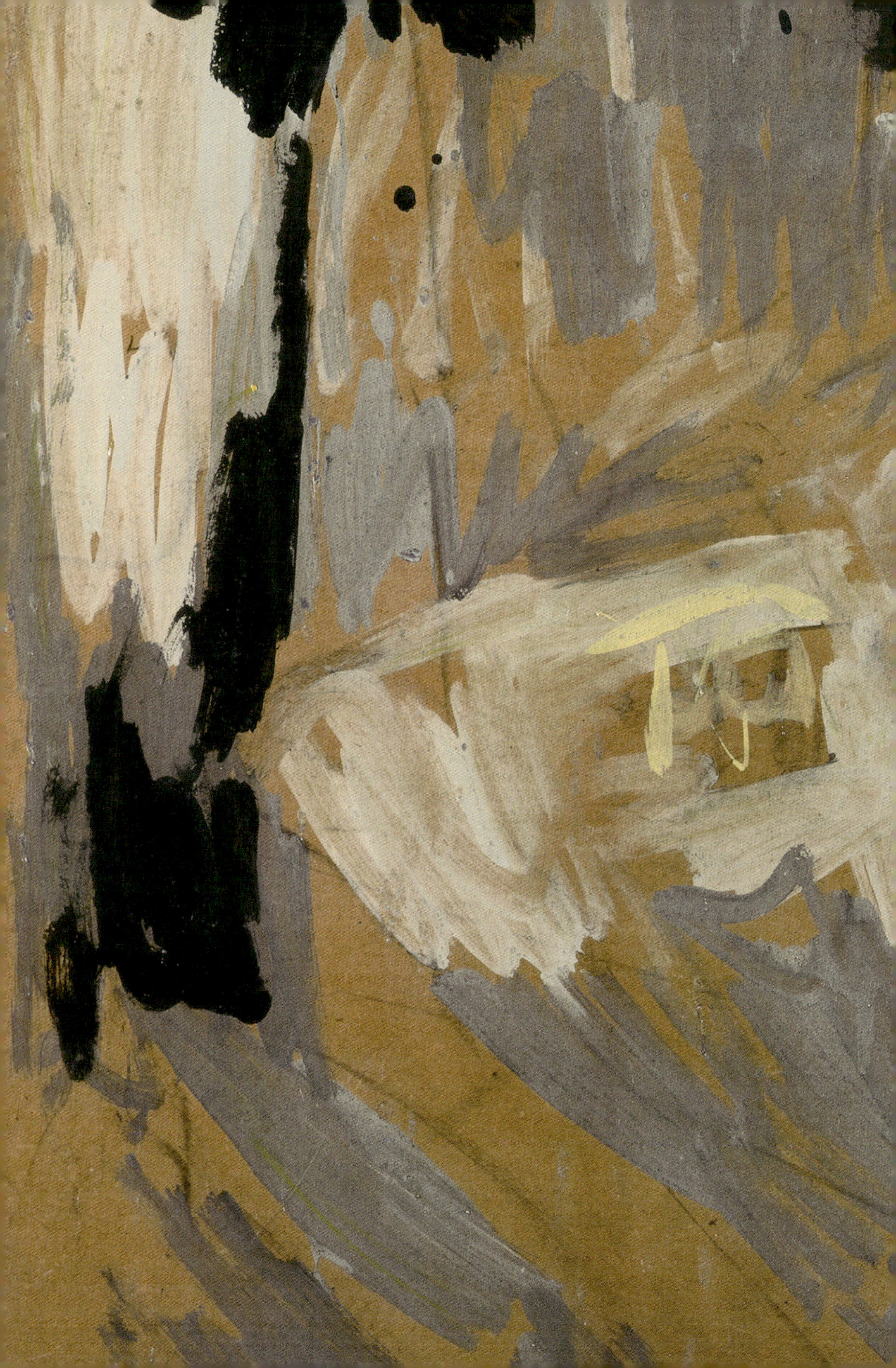

MONSIEUR É. Und das,
was ist das? Das Blatt da scheint
mir nun wirklich allzu vage
und skizzenhaft, ja, verzeihen Sie,
regelrecht hingeschludert ist
das doch.

MONSIEUR V. Aber nein! Schauen Sie nur genau hin. Wie fein alles komponiert ist, wie minutiös ausgearbeitet. Außerdem liegt darin ein ganz großes Drama verborgen, eine private Farce gleichwohl – wie immer man es denn auslegen möchte. Am Ende jedenfalls ein Toter und mindestens eine Trostlose.
MONSIEUR É. Wie bitte? Und wie … ach was! Nichts, aber rein gar nichts weist auch nur ansatzweise auf das, was Sie da sagen. Fein ausgearbeitet? Drama? Pah! Wo denn nur? Allenfalls Andeutungen von Andeutungen. Noch nicht einmal das leiseste Gläserklirren eines Pariser Bistros, schon gar kein schwingendes Parlieren oder Musik!
MONSIEUR V. Je nun, wie soll ich Sie überzeugen? Da, sehen Sie, die Angeklagte Madame Girard, die Hände bebend vor der Brust, den Kopf leicht geneigt, tritt vor den Untersuchungsrichter, Monsieur Ausset, und beteuert unter Tränen, dass sie das Unglück an ihrem Gatten niemals gewollt, geschweige denn vorausgeplant habe …
MONSIEUR É. Sind Sie toll? Wo bitte …? Einigen wir uns erstmal auf Farbe auf Papier, ja? Also, Leimfarbe auf Papier, wenig Unterzeichnung, Hochformat, 120 auf 107 Zentimeter. Signiert, datiert?

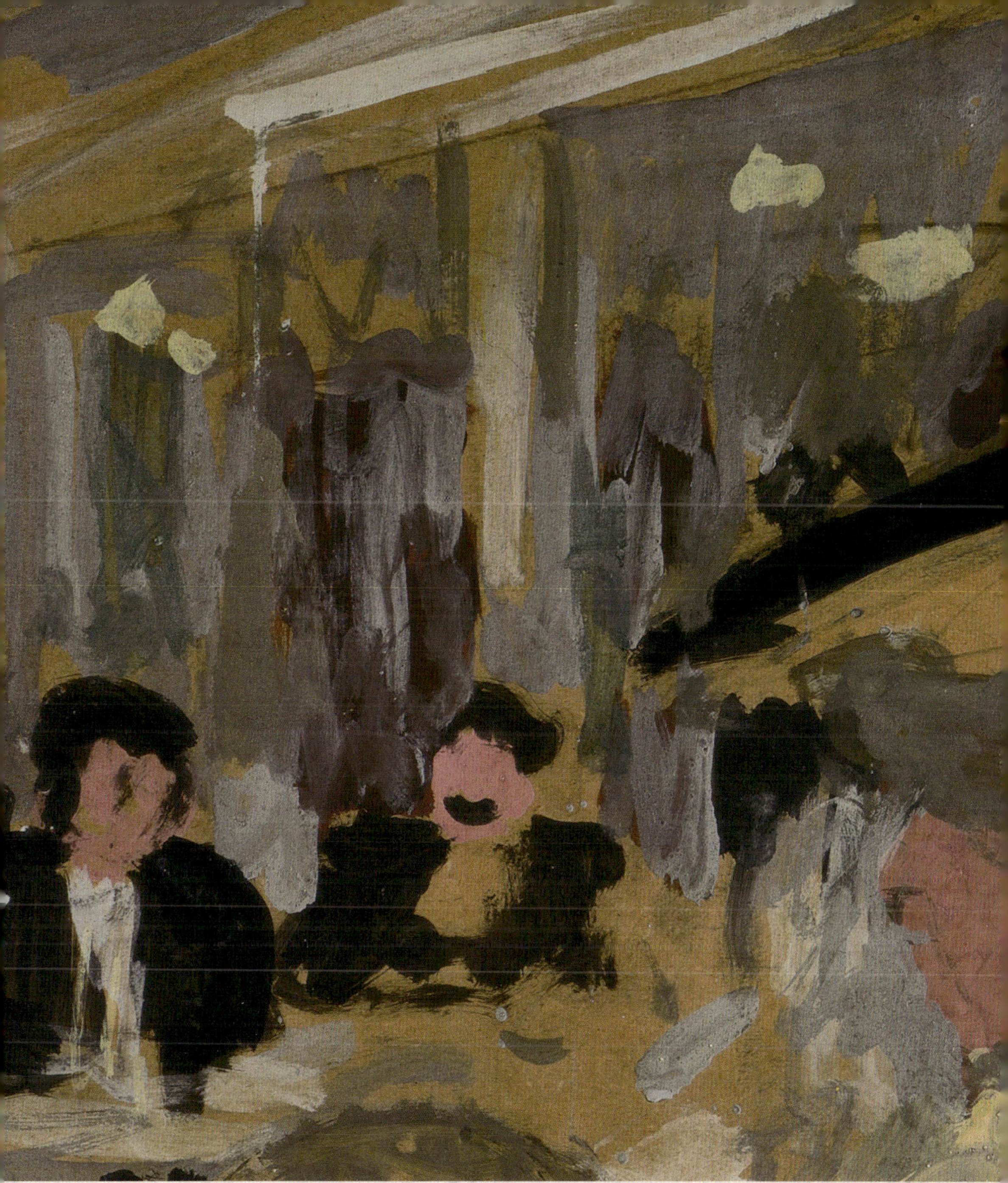

MONSIEUR V. Auf Nachfrage Monsieur Aussets holt die Angeklagte, gefasster nun, und, darüber sind sich alle einig, in dem Rapport ihrer unglücklichen Geschichte übertrieben weit aus.
In einem Heim sei sie, ohne allerdings Waise zu sein, aufgewachsen, habe mit gerade neunzehn Jahren Monsieur Girard während eines Ferienaufenthaltes mit ihren Eltern in Dieppe kennengelernt, sei dessen Mätresse geworden und über fünf Jahre mit ihm gereist. Monsieur Girard reise, reiste, korrigierte sie sich mit einem erneuten Aufschluchzen, von Berufs wegen. Er war Kunsthändler.
MONSIEUR É. Hören Sie auf damit! Nichts von alledem findet sich hier wieder! »Szene im Café«, so lautet ausgewiesen der Titel – das immerhin hat diese ... allenfalls Übung – bekommen, einen Titel! Wenn man bedenkt, ein Titel soll die schlussendliche Auszeichnung, die Krönung eines Werkes sein, wie der Rahmen ... Aber hier? Als heftete man einem Nichtsnutz einen Verdienstorden ans ungebügelte Hemd!
MONSIEUR V. Geehelicht habe Monsieur Girard sie während einer Reise in Mexiko – da immerhin ging ein Raunen durch den gut gefüllten Gerichtssaal: Mexiko! Das sei vor zwei Jahren gewesen, fuhr die Angeklagte

unbeirrt fort. Nach ihrer Rückkehr habe sie Paris nicht wieder verlassen, ja, habe an keinerlei gesellschaftlichem Leben mehr teilgenommen, teilnehmen dürfen. Monsieur habe darauf bestanden, fortan sämtliche seiner Unternehmungen, seien sie geschäftlicher Natur oder reines Plaisir, allein und ohne ihre Begleitung …

MONSIEUR É. Zum Teufel mit Ihnen! Sie sind ja besessen von dieser Geschichte! Wie heißt das Opfer? Girard? Kunsthändler war er? Jaja, ich meine, ich hätte im Figaro darüber gelesen …

MONSIEUR V. Zum Spaß nur, allein um ihn ein wenig zu erschrecken, habe sie sich, nachdem er ihr auf ihr Drängen hin schon am Vorabend weiterhin jegliche Zerstreuung verweigert und untersagt habe, die Abendgarderobe angelegt, den Revolver, aus dessen Trommel sie zuvor umsichtig sämtliche Patronen entfernt hatte, den Revolver also auf ihre Brust gerichtet und Monsieur Girard gedroht, sich auf der Stelle und vor seinen Augen zu erschießen, nähme er sie an diesem Abend nicht mit ins Varieté oder ihretwegen auch nur ins Bistro.

MONSIEUR É. Und diese Affektion beeindruckte den Mann? Kaum zu glauben …

MONSIEUR V. Monsieur Girard blieb ungerührt und

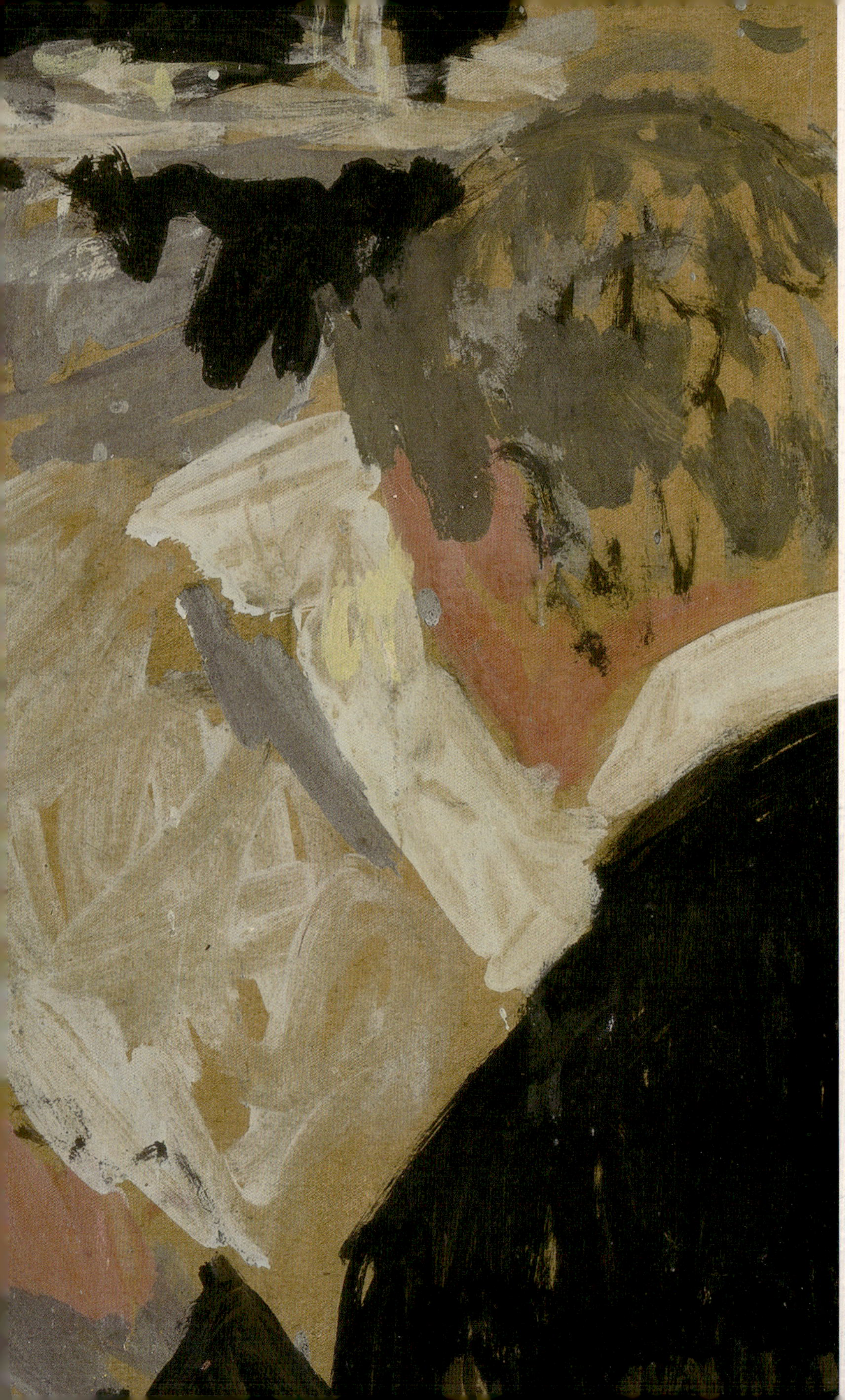

verließ allein das Appartement, um ins Theater zu gehen. Als er zurückgekehrt sei, habe sie ihn erneut angefleht, sie nicht weiterhin allabendlich allein zu lassen, was er barsch und ohne jegliche Erklärung ablehnte. Sie seien dann zu Bett gegangen, doch da sie nicht einschlafen konnte, sei sie noch einmal aufgestanden, um einen kleinen Menthe zu sich zu nehmen, der ihre Nerven gemeinhin beruhige. Welch Teufel, welch Wahnsinn sie dann allerdings erfasst habe, als sie statt nach der Likörflasche zum Revolver griff, umgehend auf ihren schlafenden Gatten zielte und auch traf, das wisse sie bei bestem Wissen und Gewissen nicht.

MONSIEUR É. Mon dieu! Bei all dem, sie musste doch zuvor wohl eine Kugel in der Trommel vergessen haben?

MONSIEUR V. Danach fragte sie sogleich auch Monsieur Ausset, der Richter. Sie habe, antwortete die Angeklagte anstandslos, nachdem sie der tödlichen Situation gewahr geworden war, umgehend den Revolver auf sich selbst gerichtet und abgedrückt, allerdings ohne Effekt, da keine Kugel mehr geladen war.

MONSIEUR É. Das soll man nun glauben … Immerhin … aber … Was soll's? Ich jedenfalls verspüre nun einen außerordentlichen Appetit. Wollen wir eine Kleinigkeit bei Pierre …?

MONSIEUR V. Sie bedaure zutiefst, was geschehen sei, liebe und bewundere sie doch ihren Gatten insbesondere nach alldem, was geschehen sei, mehr als je zuvor. Diese letzten Worte artikulierte Madame Girard mit einer solchen Gefasstheit und hoch erhobenen Hauptes, dass Untersuchungsrichter Ausset und mit ihm der ganze Saal für einige Momente den Atem anzuhalten schien. Ob empörte Rat- und Fassungslosigkeit oder tiefe Anteilnahme und Mitleid diese Stille im Saal erzeugte und, wie es mir vorkam, durch die Wände hindurch, ja für Momente womöglich ganz Paris ertauben ließ, war selbst für mich als genauesten Beobachter nicht endgültig auszumachen.

MONSIEUR É. Mein Lieber, ich sehe wohl, diese Geschichte setzt Ihnen zu. Nehmen Sie noch einen Pastis? Was das Blatt angeht, nun, wenn Sie mir entgegenkommen … sagen wir 180 Francs? Meinetwegen 200 … aber dann mit einem ordentlichen Rahmen!

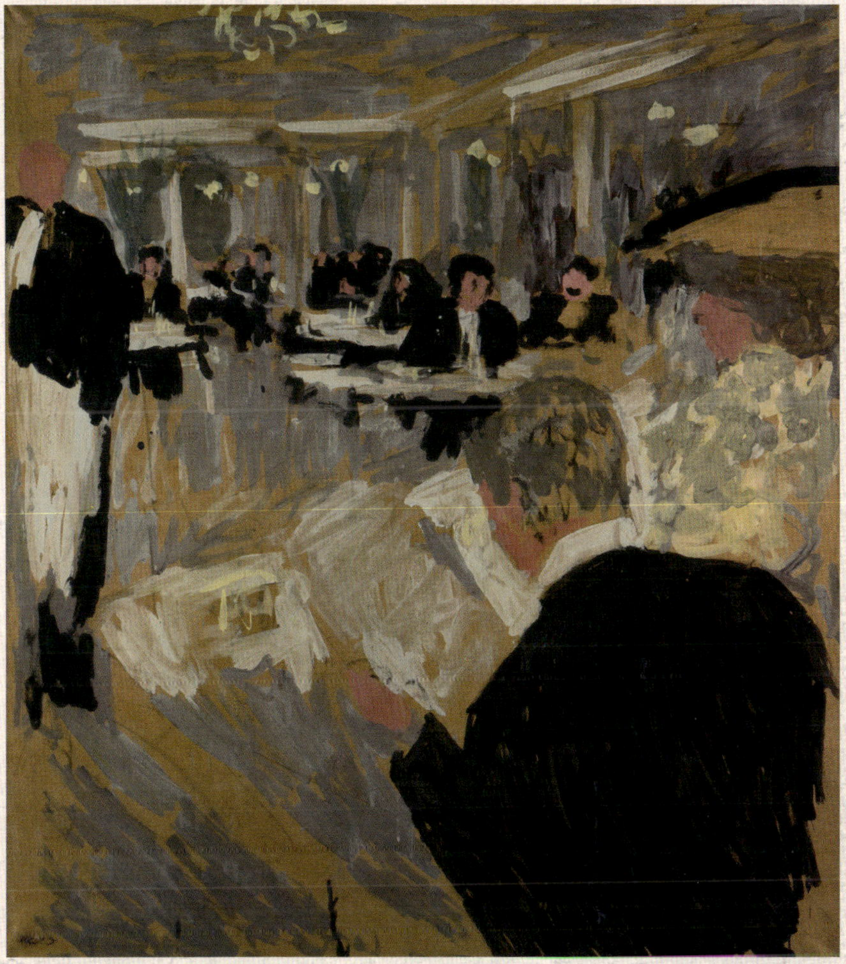

Édouard Vuillard
Szene im Café
1908/10

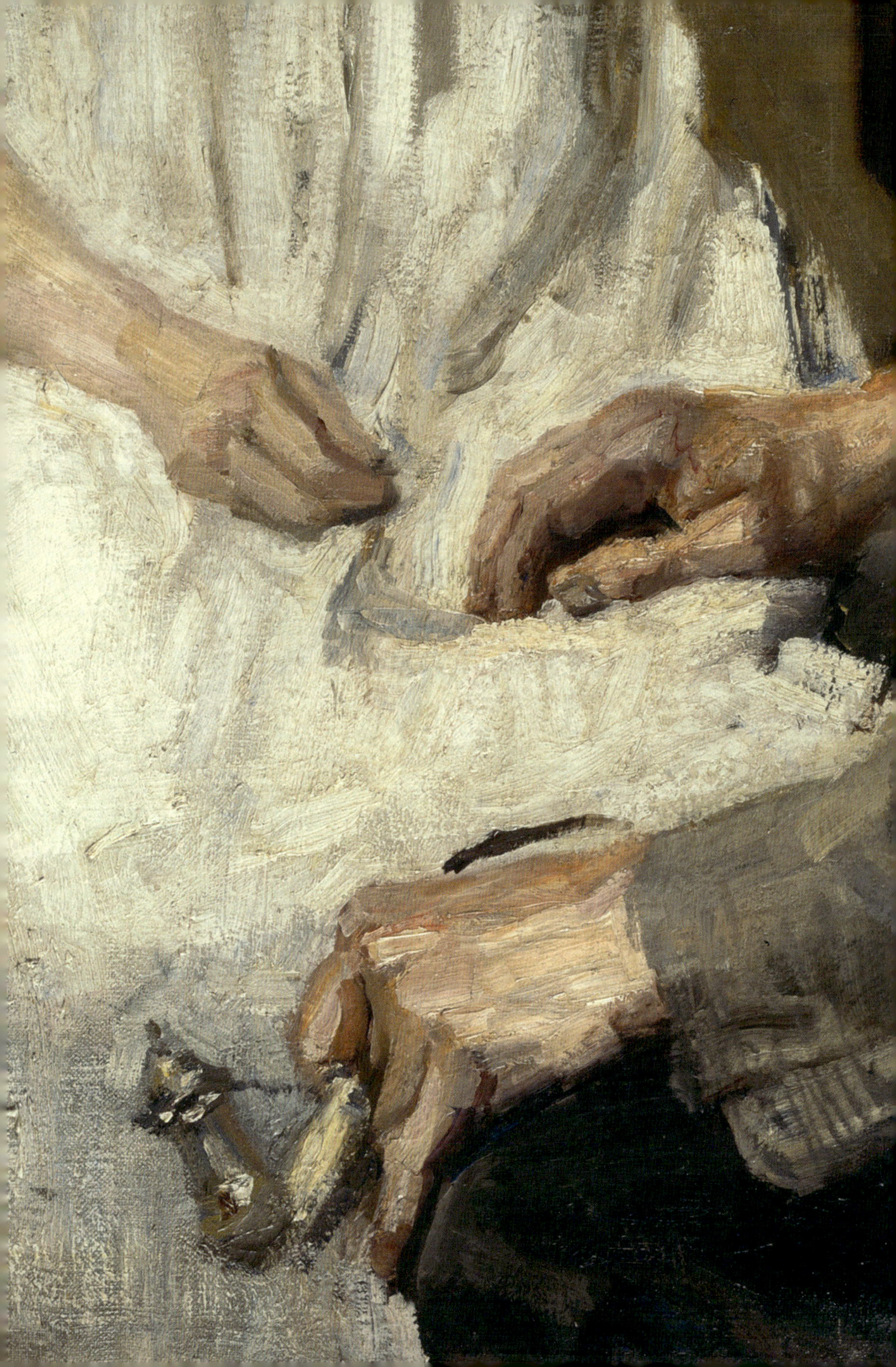

ER Wo bist du bloß mit deinen Gedanken?
SIE Bei dir, hier. Was denkst du? Frag doch nicht.
ER Nein, stimmt nicht, du bist weit weg, schaust durch mich durch irgendwie oder gar nicht hin.
SIE Eher noch auf dich drauf (*lacht*). Dachte gerade, wie die Farbe deiner Jacke sich doch den Dingen unserer Stube angleicht. Oder umgekehrt?
ER Sowas denkst du?

SIE Als sauge sie alle Grau- und Erdtöne auf, von Dielen, Tisch, Zinkschüssel und Putz, dem fahlen Putz.

ER Meine Jacke eben.

SIE Die Doblers, ich glaub, die kennen eine solche Farbe gar nicht. Bei denen ist alles rot und grün und gelb, selbst ihre Eichentäfelung schillert in allen erdenklichen Farben.

ER Und, denkst du …?

SIE Ach nein, lass uns darüber heute nicht sprechen.

ER Ich kann nichts anderes mehr denken, ich bin blind vor Dran-denken-Müssen, immerzu, immerfort.

SIE Ich hätte schweigen sollen.

ER Sag das nicht, sag's nicht noch einmal. Du musst mir alles sagen. Du bist meine Frau.

SIE Ja, ich weiß.

ER Du weißt? Was heißt, du weißt? Schau dich an, dein so weißes Kleid mit den bläulichen Schatten, deine rosigen Wangen und Lippen, und die goldgelben Haare, alles du!

SIE Das ist schön, dass du das sagst.

ER Ich habe es dir oft gesagt.

SIE Willst du dir nicht die Pfeife anstecken? Ich hol ein Zündholz.

ER Bleib! Bleib sitzen, bitte, bei mir.

SIE Deine Hand, so schwer und so irden.

ER Manchmal denk ich, wie es wäre, wenn ich dich nicht kennen würde, wenn ich dich nur draußen im Vorübergehen sehen würde und wüsste nicht, wer du bist, wo du wohnst, ob allein oder nicht. Dieser Gedanke macht mich ganz unruhig, er tut weh.

SIE Aber ich bin ja hier.

ER Ja, und tagsüber putzt du bei den Doblers, den Finkbeins, den Jelikows – bei den Farben eben.

SIE Wer von draußen im Vorübergehen hereinsähe, für ihn wären wir vielleicht auch nur zwei Farbflächen, hell und dunkel, aber ganz malerisch, eher irreal, ohne Drama; vollkommen real dagegen das Stillleben hier mit Tasse, Teller, Flasche, Waschschüssel.

ER Flasche, Teller, Tasse, Waschschüssel – da soll kein Drama sein?

SIE Schau mich an. Ich trage mein schönstes Kleid. Für dich.

ER Ja, und ein Samtband, so schwarz …

SIE Was ist?

ER Seltsam.

SIE Ich habe es mir gemacht, aus einem Rest. Steht es mir nicht?

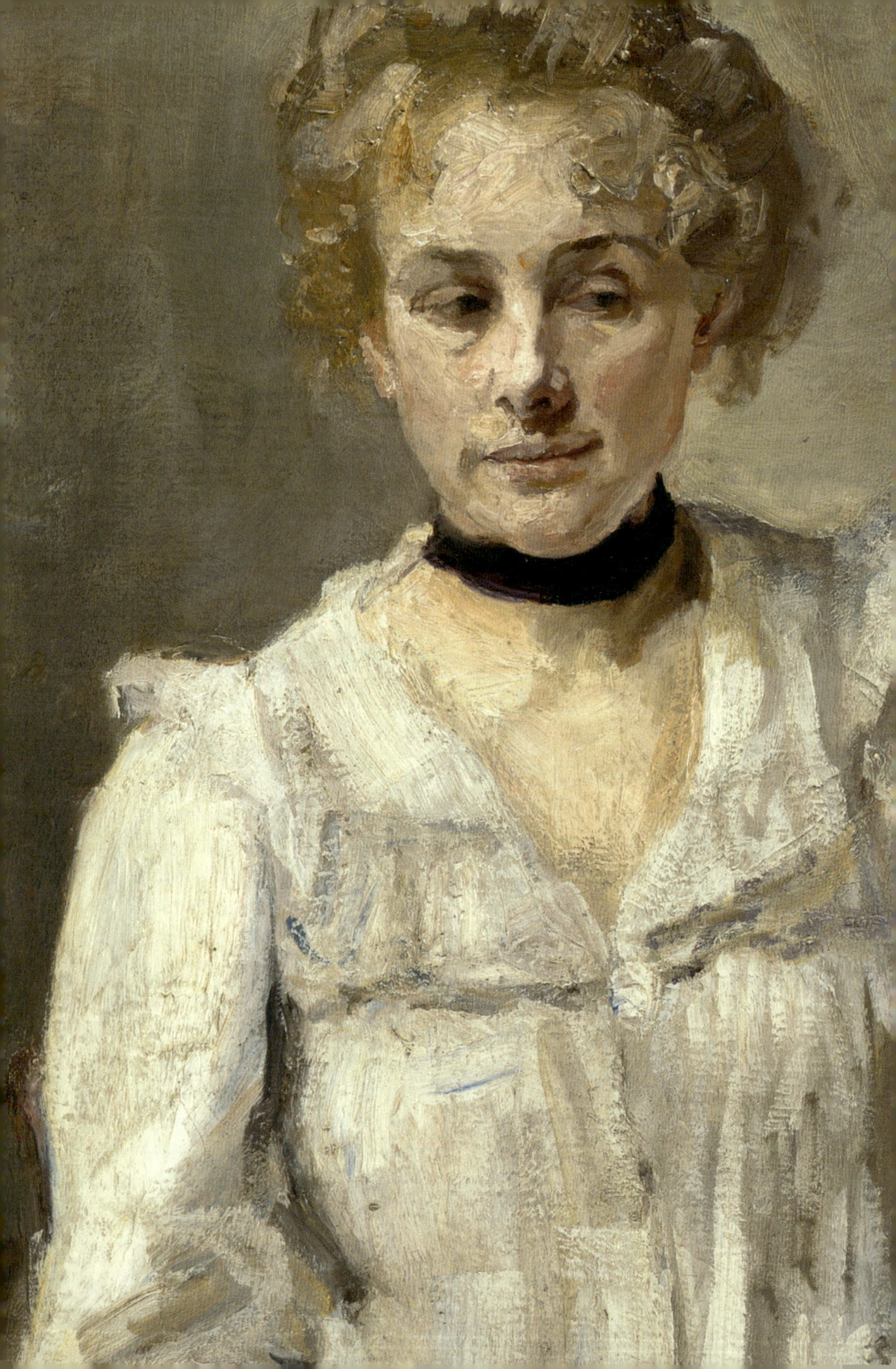

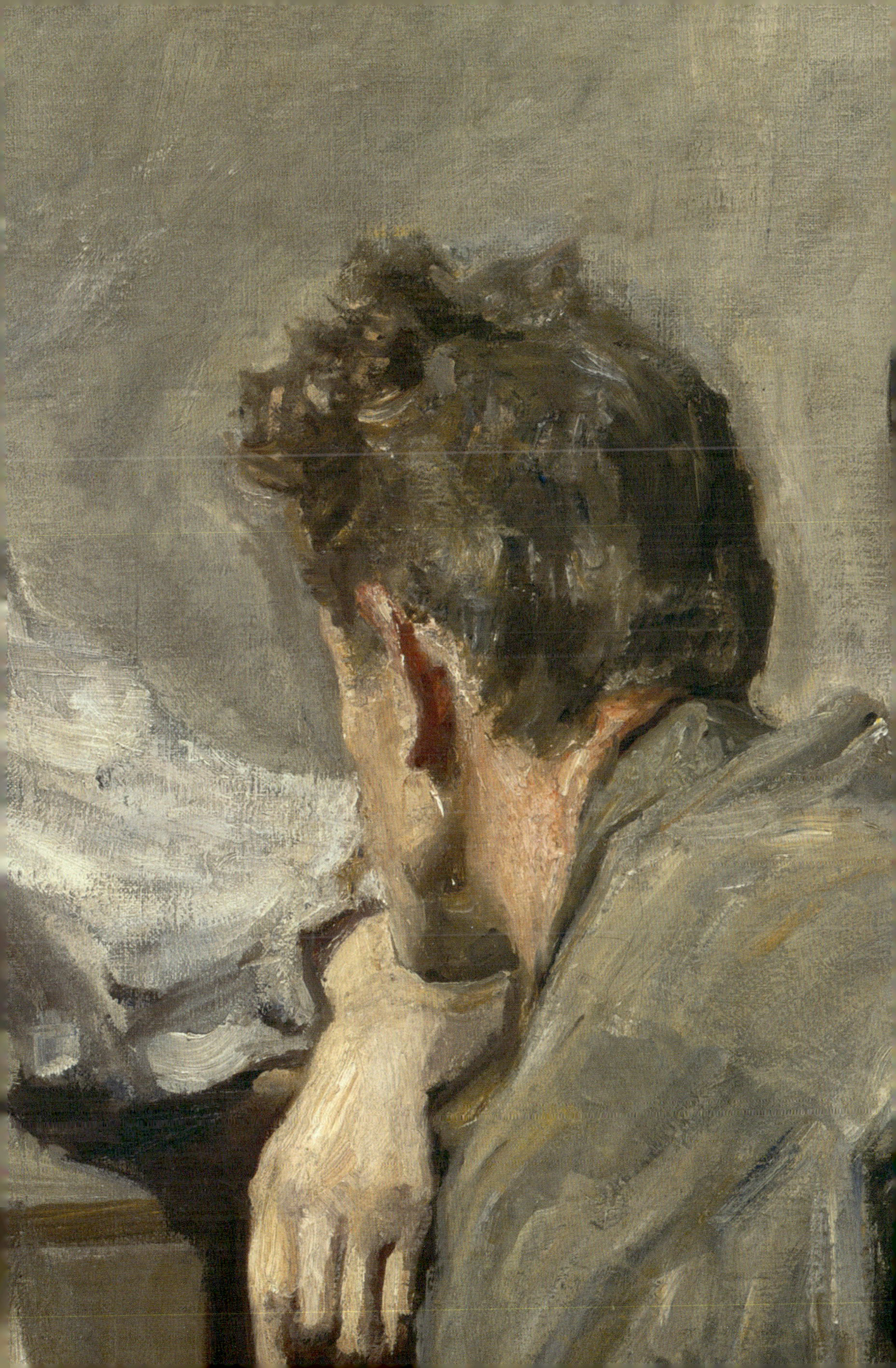

ER Ich meinte, wie wir einander im Weg sind, so Knie an Knie.

SIE Hast du die Lupinen vorne beim Kirchhof gesehen? Alle Farben. Und alle so aufrecht. Stolz. Wollen wir noch einen Gang dorthin machen?

ER Hast keine Ruhe bei mir?

SIE Es ist noch hell.

ER Ich bin müde.

SIE Komm, bitte!

ER Leg deine Hand auf meine – bitte.

SIE Komm, Herz, lass uns zu den Farben gehen.

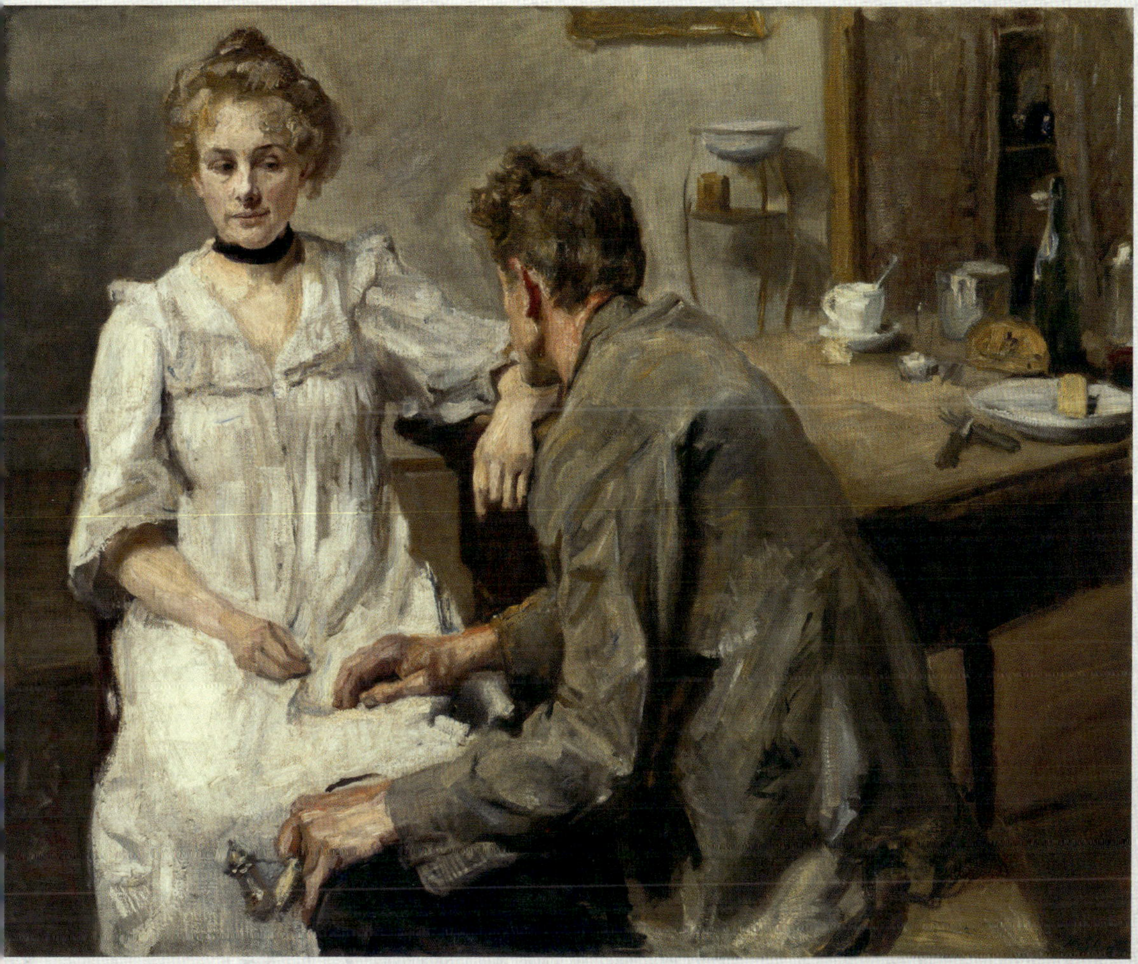

Max Slevogt
Feierstunde
1900

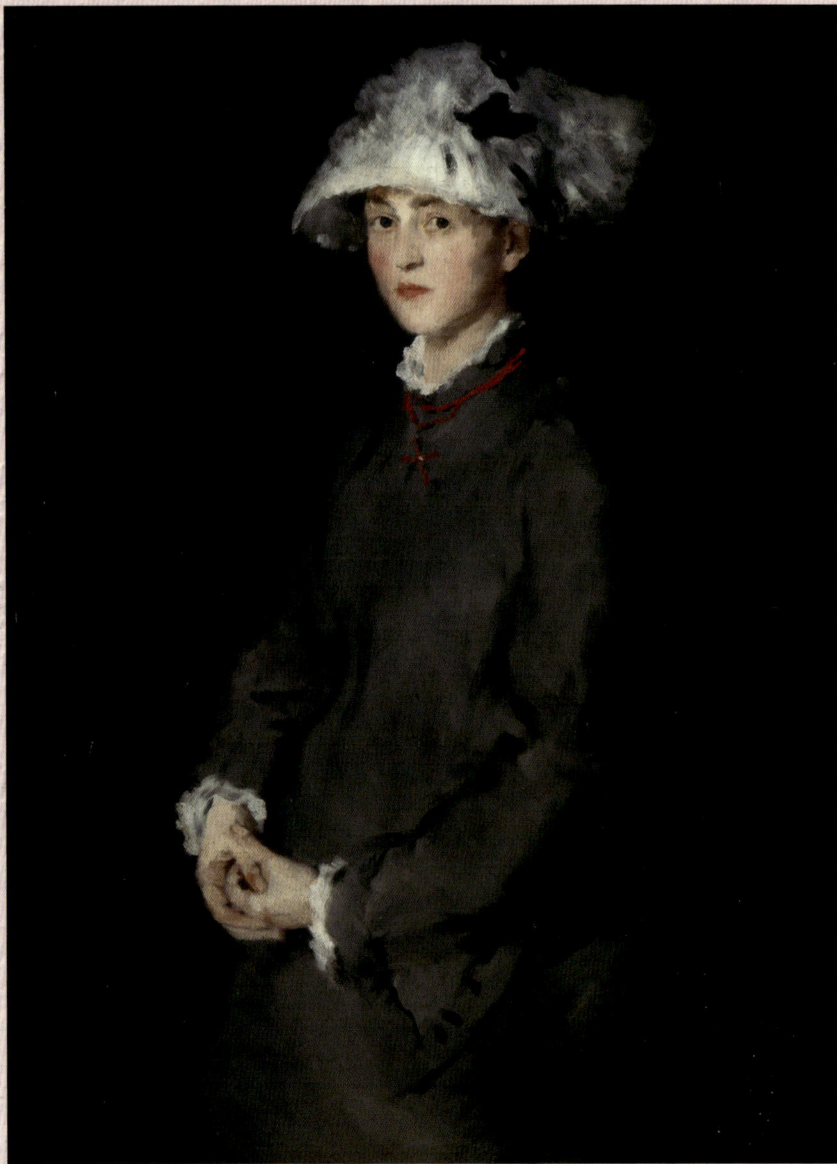

Wilhelm Leibl
Lina Kirchdorffer
1871

München, Bartlmä 1871

Sehr verehrte Frau Gedon,

unsere unversehene und
so freundliche Begegnung neulich
beim Chinesischen Turme
ermutigt mich, Ihnen diese Zeilen
in einer privaten Angelegenheit
zu schreiben. Herr Wilhelm Leibl,
mein Oheim mütterlicherseits,
wie Sie sicherlich wissen,
vollendete dieser Tage ein Porträt
von mir.

Vorgestellt zunächst im engeren Familienkreis,
fand es allgemein großes Lob und Gefallen, wenn auch
die allgewärtige Farblosigkeit und Düsternis von
Gewand und Hintergrund einer solch jungen und
lebensfrohen Frauensperson, wie meine Tante freimütig
bekannte, nicht gerade schmeichelt.
Nun, ich selbst vermochte und vermag noch immer
darüber kein Urteil zu fällen. Mein Oheim war mir
doch stets von Herzen zugetan, so wie ich ihm. Leugnen
kann niemand, dass er ein Franzosenfreund ist, und
die neuerliche französische Mode in der Malerei lässt
Dinge zu, wie ich las, über die unsereins doch letzt-
lich recht wenig Verstand besitzt. Mein Mann jedoch,
selbst ein Maler von nicht geringem Ansehen und in
dieser Profession bereits vor unserer ehelichen Verbindung
ein leidenschaftlicher und treuer Verehrer Leibls,
einzig mein Mann also, wallte bei näherer Betrachtung
des Porträts derart auf, dass er ausrief »Auch sie nun!«,
»Ein rotes Band!«, »Wie Lorenz Gedons Weib!«
und darauf ganz außer sich und in großer Rage aus dem
Hause stürzte. Mein Oheim indes verzog ob dieser
Ungehörigkeit keinerlei Miene und blieb auch sonst ganz
beherrscht, sagte nur, dass Fritz sich schon wieder

beruhigen werde und man derlei Gemütswallung
einem Künstler nachsehen müsse.
Mein Mann kehrte erst spät in der Nacht zurück.
Er hat seither kein Wort mehr über das Bild oder seinen
Auftritt verloren.
Selbst als ich am folgenden Tage in ihn drang und
herzlich bat, er solle mir doch darstellen, was es mit
diesem roten Band, das ihn offenbar so erregt hatte,
auf sich habe, wehrte er nur ab. Seither verschließt
er sich mir gegenüber nur umso nachdrücklicher.
Da nun während seiner Raserei Ihr Name fiel, wenn-
gleich wohl das Porträt gemeint war, das mein Oheim
kurz vor seiner damaligen Abreise nach Paris von
Ihnen gemalt und um das man in Kunstkreisen solch
großes Aufhebens gemacht hatte, versuche ich
nun, dieses Ihr Bild mir wieder vors innere Auge zu holen.
Ich hatte es damals im Glaspalast sehr bewundert
und erinnere gut, wie mich vor allem Ihr wunderbar
leuchtend bernsteinfarbenes Kleid in Freude versetzt
hatte. Umso bestürzter war ich, als ich den Toten-
kopffalter, groß wie ein Vögelchen, an Ihrem Hut erblickte.
Doch ein rotes Band? Nein, dessen kann ich mich
beim besten Willen nicht erinnern.

Nun aber, da die wenigen erregten Worte meines Mannes den Verdacht in mir weckten, gerade dieses rote Band sei der Schlüssel zu seiner Bestürzung, bitte ich Sie inständig um Aufklärung.
Spotten Sie meiner nicht. Aber wenn Sie um eine Antwort wissen, schonen Sie mich auch nicht. Ich vertrage mehr, als es meinem Bilde nach den Anschein haben mag.

Ihre Ihnen sehr ergebene
Lina Schider, ehemals Kirchdorffer

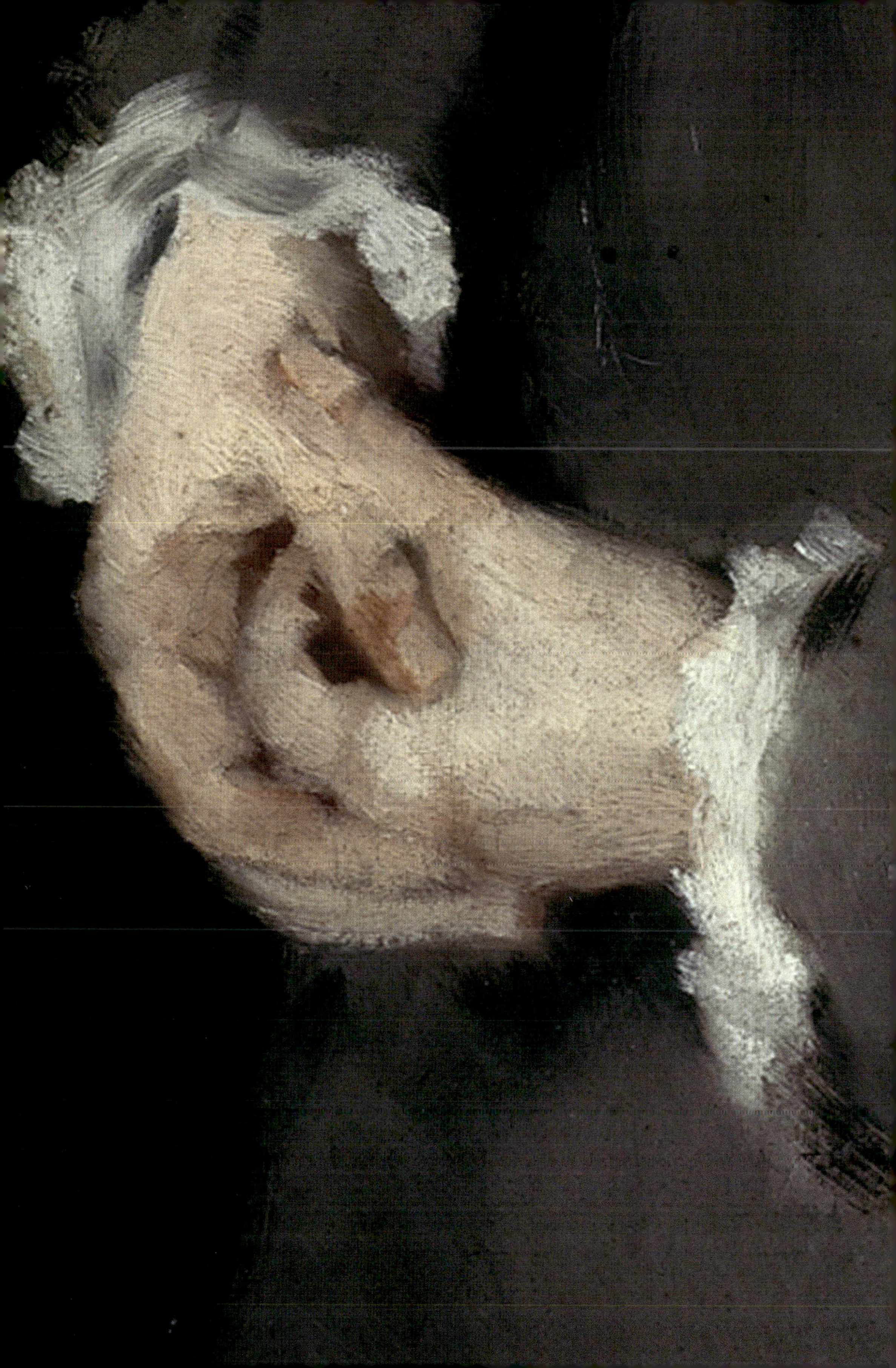

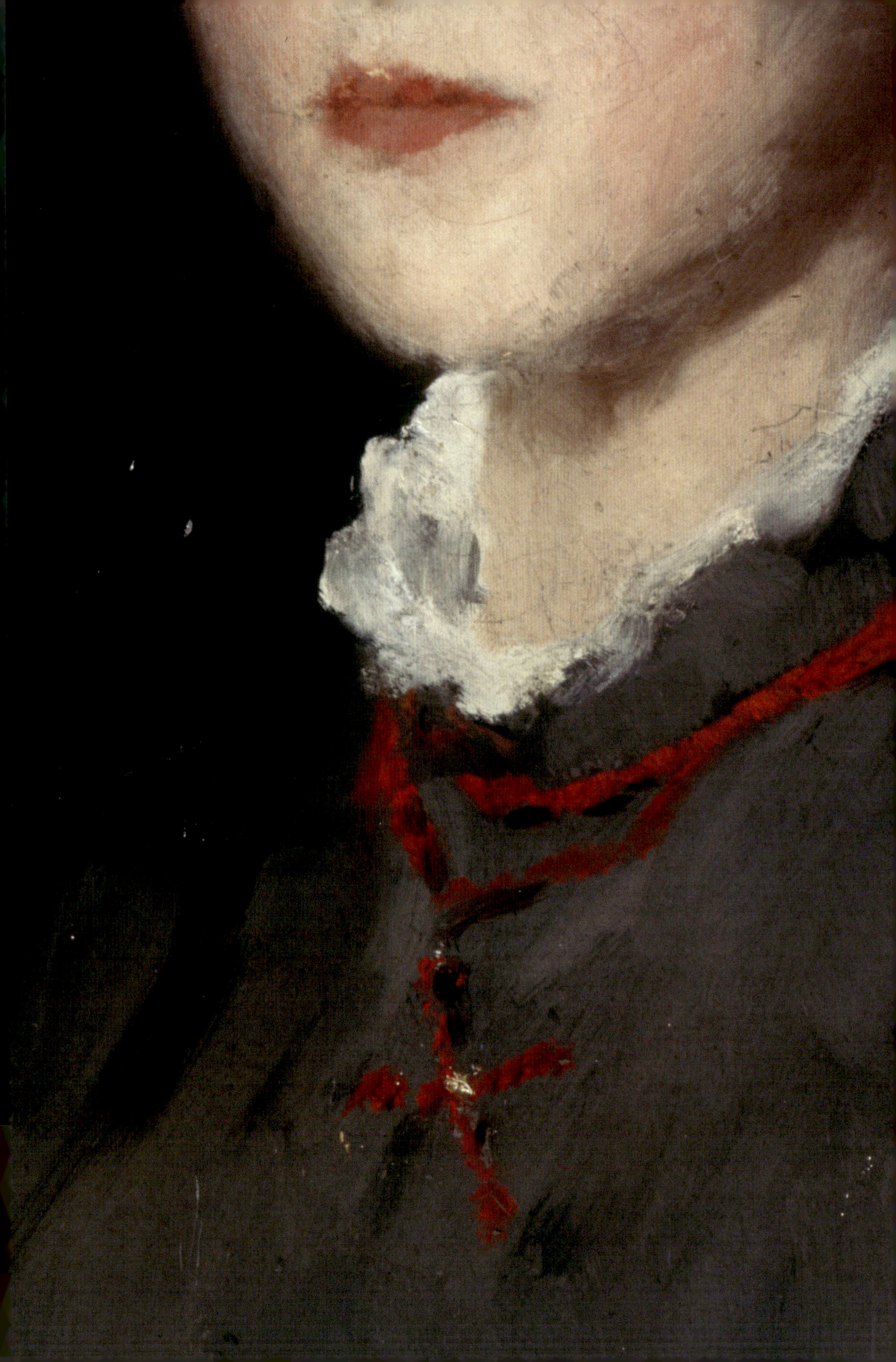

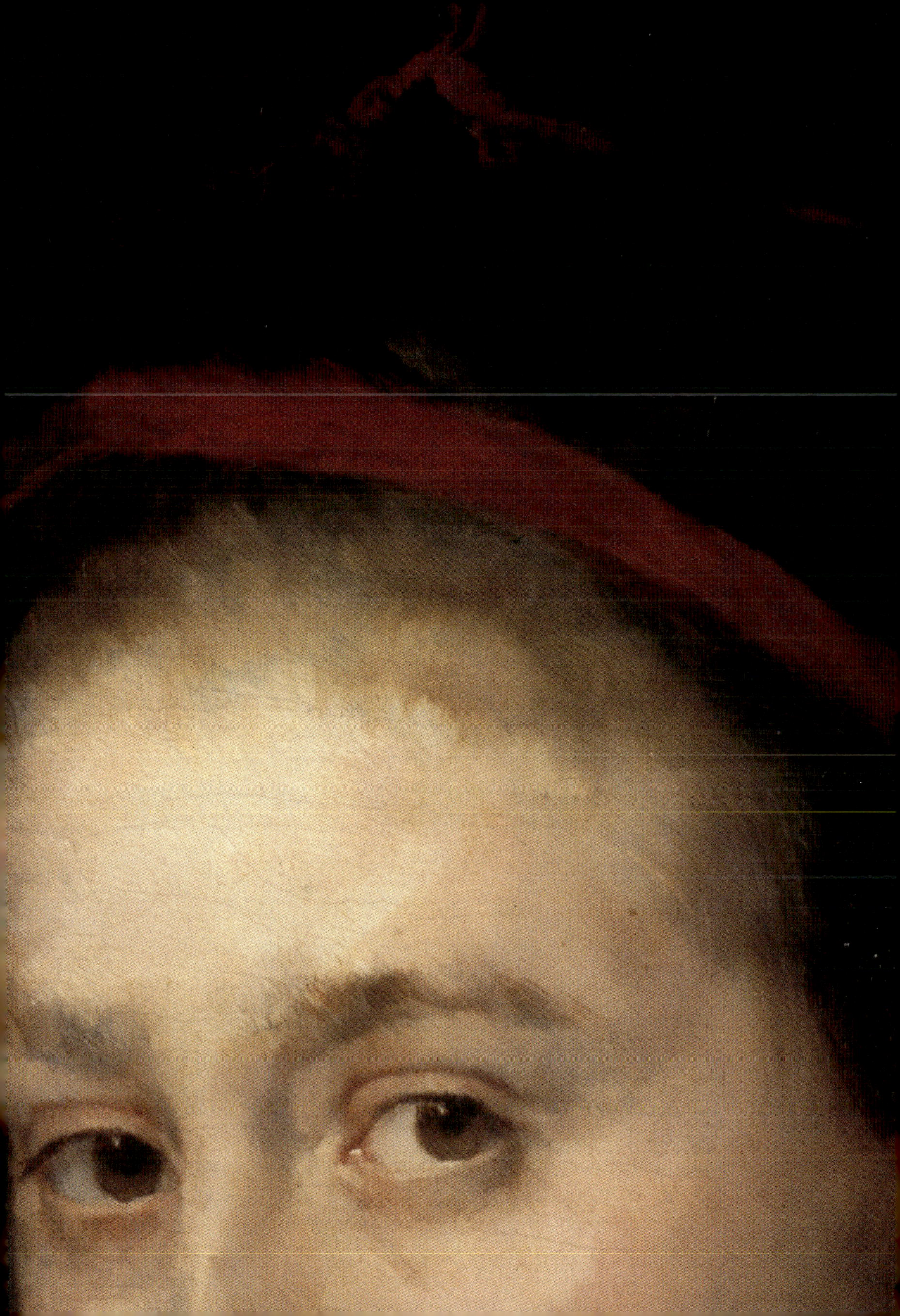

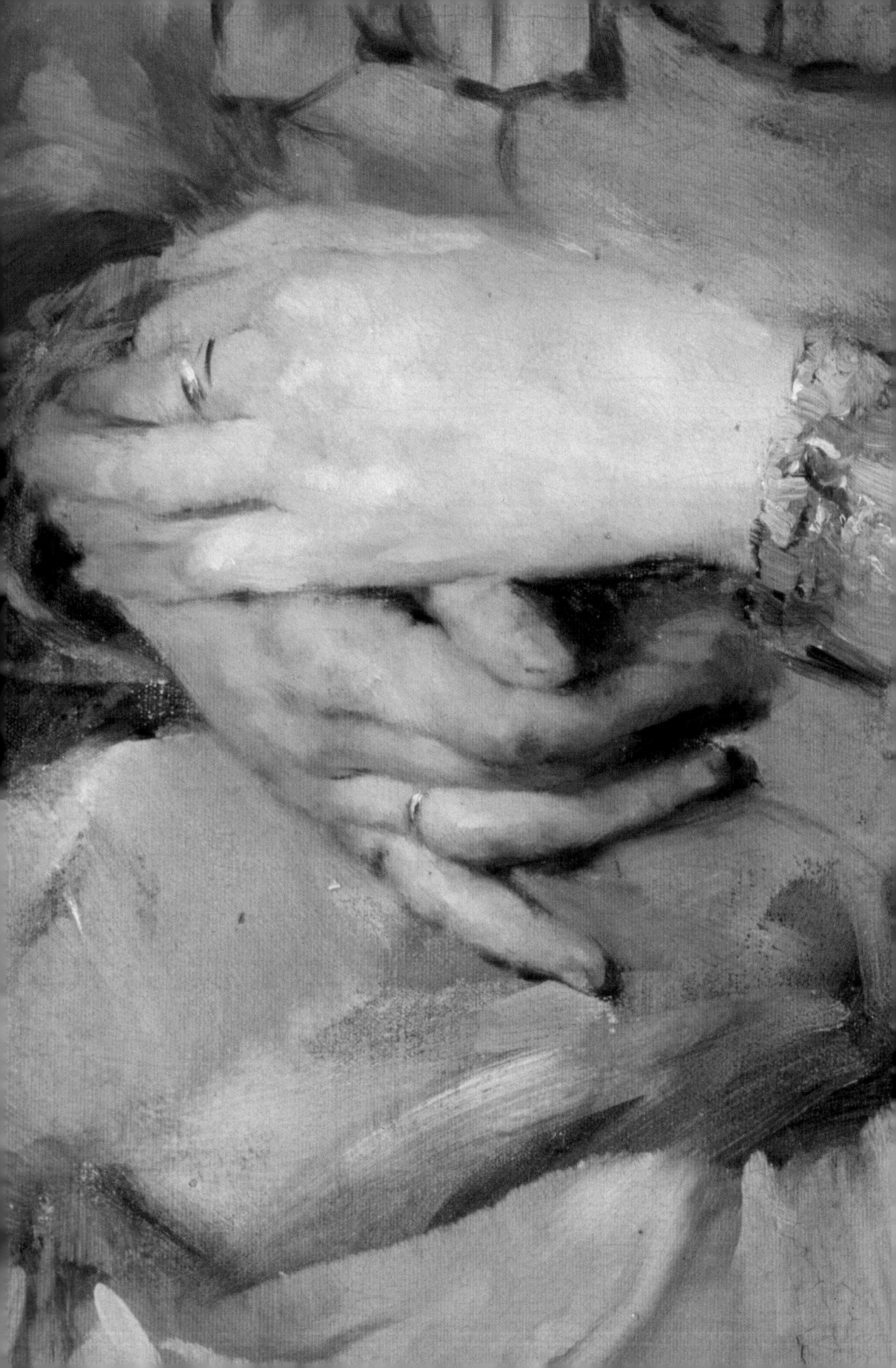

München, Tag nach Bartlmä 1871

Meine liebe Lina,

ich darf Sie doch so nennen? Haben Sie Dank für Ihren freimütigen Brief, dem ich, soweit er ein Urteil abgibt, aus ganzem Herzen zustimme.

Ja, auch mir setzte Ihr verehrter Herr Oheim mit meinem Bildnis seinerzeit über die Maßen zu, und ich gestehe, seine windige Abreise nach Paris hat uns alle ein wenig in Unfrieden zurückgelassen. Ich möchte Sie dennoch bitten, nicht allzu nachteilige Schlüsse zu ziehen.
Ich brauchte sehr lange, wollte ich Ihnen jeden Wandel meines Gemütes beschreiben. Zunächst war ich blind für mein Bild. Ich sah eine Frauensperson, die ich nicht kannte, jedenfalls nicht aus dem Spiegel. Um ganz ehrlich zu sein, ich dachte, ich sei schöner. Ja, ich dachte, wir bezahlten ihn für ein schönes Gemälde, ein Bild einer glücklichen jungen Frau in froher Erwartung. Als Beweis, wie unrecht seine Malerei hat, galt mir jenes rote Band, das er mir um den Kopf und ins Haar legte. Solche Bänder sind meine Sache nicht. Und rot wäre mir erst recht nicht in den Sinn gekommen. Ich mied den Raum, in dem die Leinwand noch ungerahmt am Boden stand. Doch eines Abends, ich konnte nicht einschlafen, stieg ich, wie von unsichtbarer Hand geführt, hinab in den Raum hinter dem Salon. Lag es am Licht der Kerze, lag es daran, dass es auf dem Boden stand. Sie kam mir entgegen. Die unbekannte Frau auf dem Bild schien mir mit einem Male lebendig. Fragen Sie nicht, warum mein Bild mir plötzlich

vertraut war, warum ich in Liebe zu dieser Frau entbrannte wie zu einer Schwester, die ich nicht habe. Wie anrührend erschien ich mir, wie ernst, wie bedroht. Hat er mich denn nicht gemalt, so ging es mir durch den Kopf, wie der große Meister Rembrandt, ganz so, wie Rembrandt seine Frauen malte, ja sogar so wie seine Braut? Mir gefällt dieser träumerische Gedanke.
Hätte Ihr Oheim mich nicht gemalt, ich fühlte mich anders in meinem Leben. Er hat mich verschwistert im wahrsten Sinne des Wortes, verschwistert mit anderen Frauen anderer Zeiten. Und hat er nicht ähnliches auch mit uns beiden getan?
Sie werden von meinen Zeilen wohl enttäuscht sein, jedenfalls enttäuscht in dem Sinne, dass ich Ihnen nichts über das sagen konnte, was Sie wissen wollten. Der plötzliche Furor Ihres Gatten erscheint mir wahrlich als Ausdruck einer empfindsamen Künstlerseele, grad so, wie Leibl es im selben Augenblicke erfasst hatte.
Verraten möchte ich Ihnen jedoch, und nehmen Sie es bitte als Beweis meines Vertrauens und meiner Zuneigung zu Ihnen, dass ich mir vorletzte Woche beim Posamentier Beck in der Theatinerstraße ein rotes Band gekauft habe. Noch weiß niemand davon. Noch habe ich es nicht

angelegt. Sollte ich es vielleicht tragen, wenn wir uns wiedersehen? – Zum ersten Male tragen? Wer unsere Bilder kennte, fände rein gar nichts dabei. Oder scheint Ihnen diese Vorstellung gar zu verwegen?

Immer Ihre
Mina Gedon

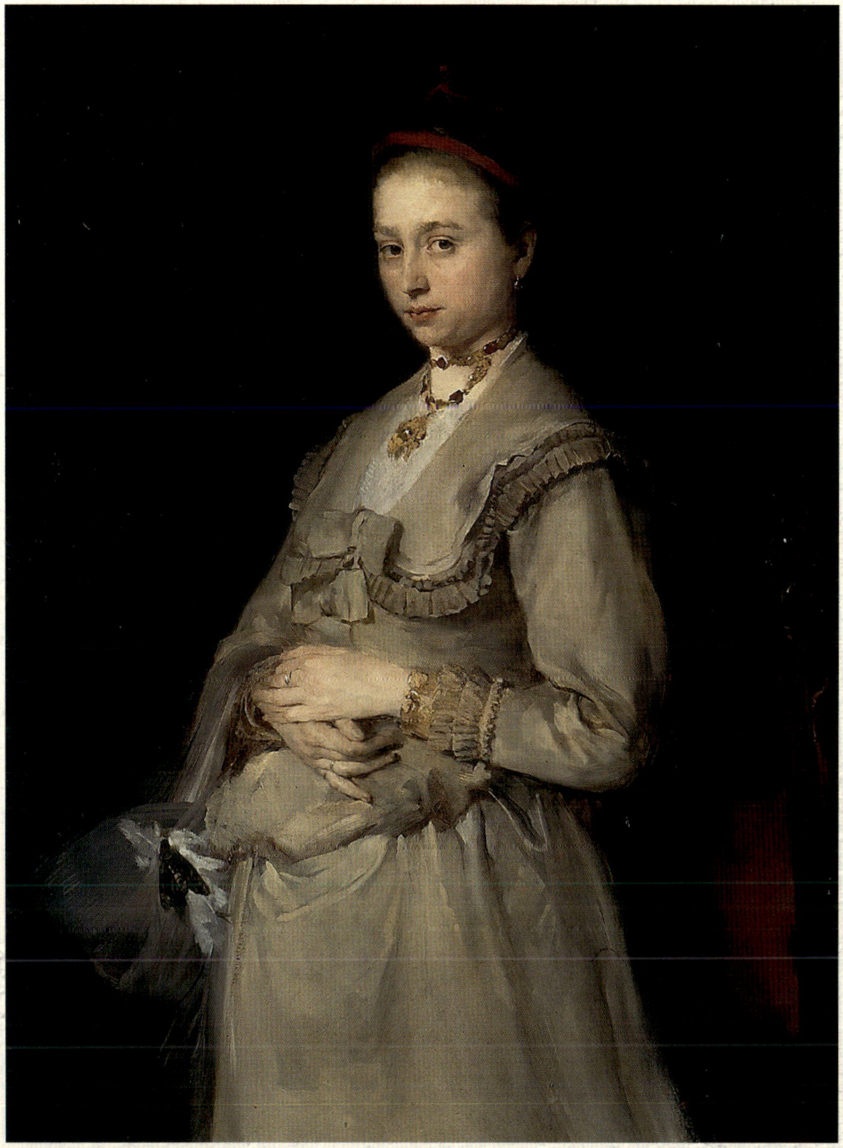

Wilhelm Leibl
Bildnis der Frau Gedon
1869

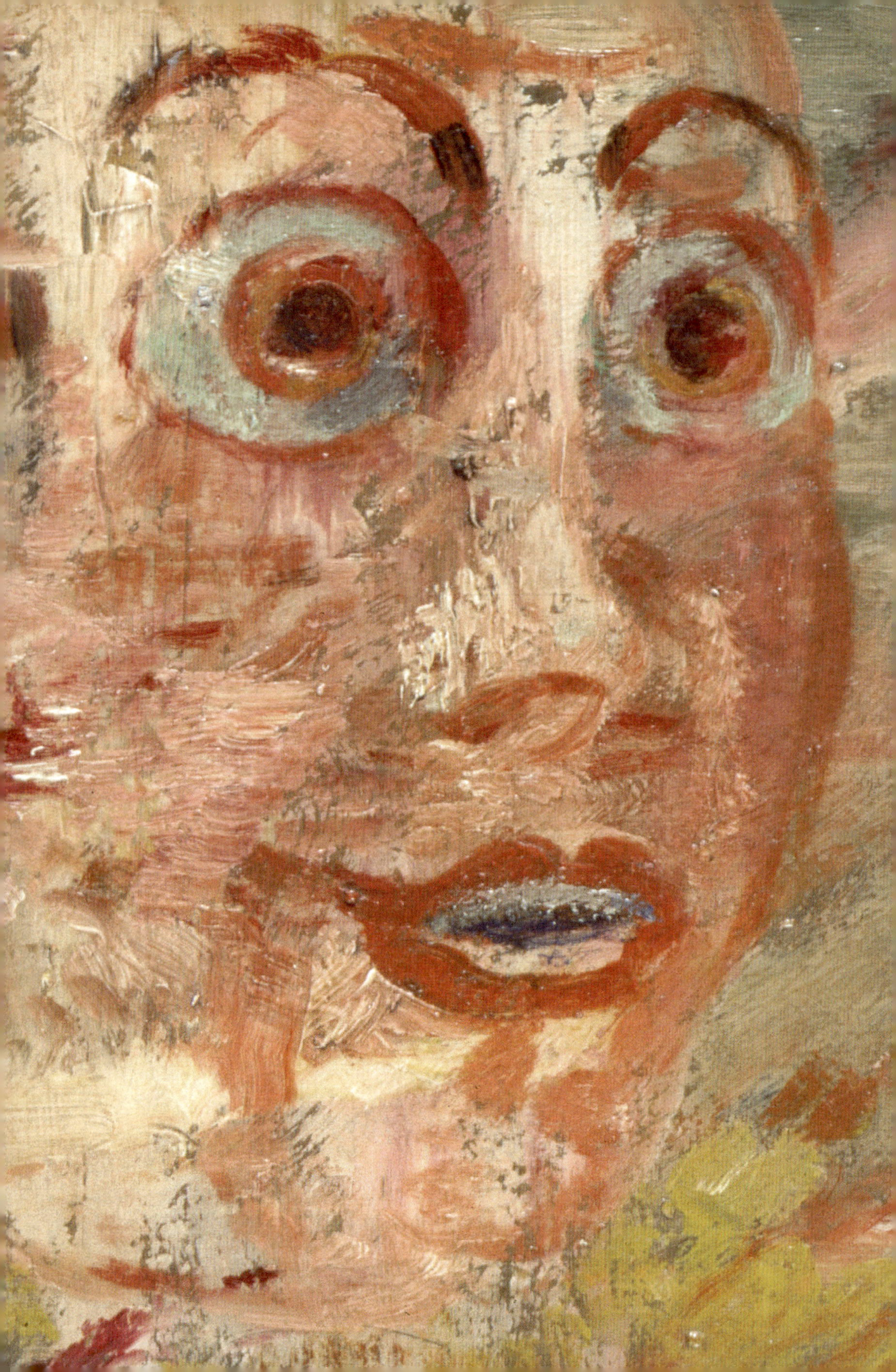

Gespenster, wie die da um mich herumschnellen und wanken. Eines wie das andere. Alles Gespenster! Körperlos! Fürs bloße Auge unsichtbar. Machen trotzdem ein unheimliches Gewese – ignorieren ausgeschlossen! Wahrhaftig ausgeschlossen!

Das fängt schon morgens an, im Halbschlaf noch, höre ich, wie es in der Küche und Stube ordentlich herumfuhrwerkt. Manchmal macht sich eines frech in meinem Bett zu schaffen und schlüpft hinein ins Bettzeug, dass selbst die Gänsekiele erschauern und aus dem Stoff kriechen. Ich schrei dann: »Sapperlot!« oder »Genug, Satansbraten!« Dann ist für gewöhnlich Ruhe. Erst einmal. Aber schon beim Kaffee am Küchentisch umringen sie mich wieder, sitzen da, eines am anderen, was heißt »sitzen«, das kann ich ja gar nicht sehen, ihre Pobacken auf Stühlen oder ob sie überhaupt Pobacken haben. Haben Gespenster Pobacken? Aber sie sind halt da, eine Vielzahl, viel an Zahl, ich spür's deutlich.
Selbst wenn ich ausgeh, folgen sie mir. Steh ich etwa beim Bäcker oder Fleischer an, so lehnt sich eines von hinten an mich oder kriecht mir in den Kragen oder ins Hosenbein. Ich schüttle mich, um sie loszuwerden, als wären's Maikäfer, dann wind und reck ich mich mit den Schultern oder zuckele mit dem Fuß, dass die Verkäuferin besorgt nach meinem Befinden fragt und die andere Kundschaft augenbrauensträubend von mir abrückt. »Sind's wieder die Nerven? Das leidige Rheuma? Oder der kalte Winter, der kein Ende nehmen will?«

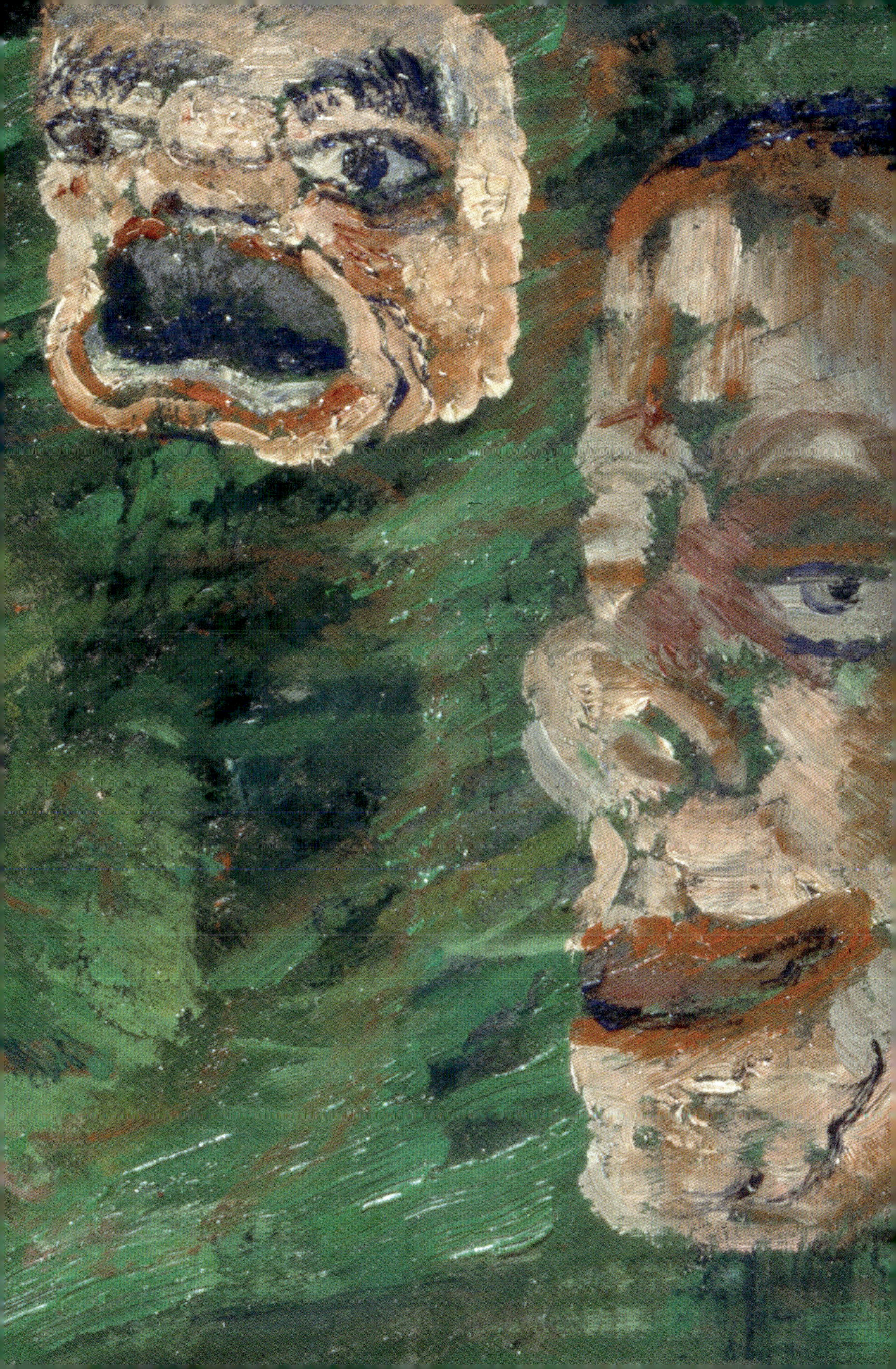

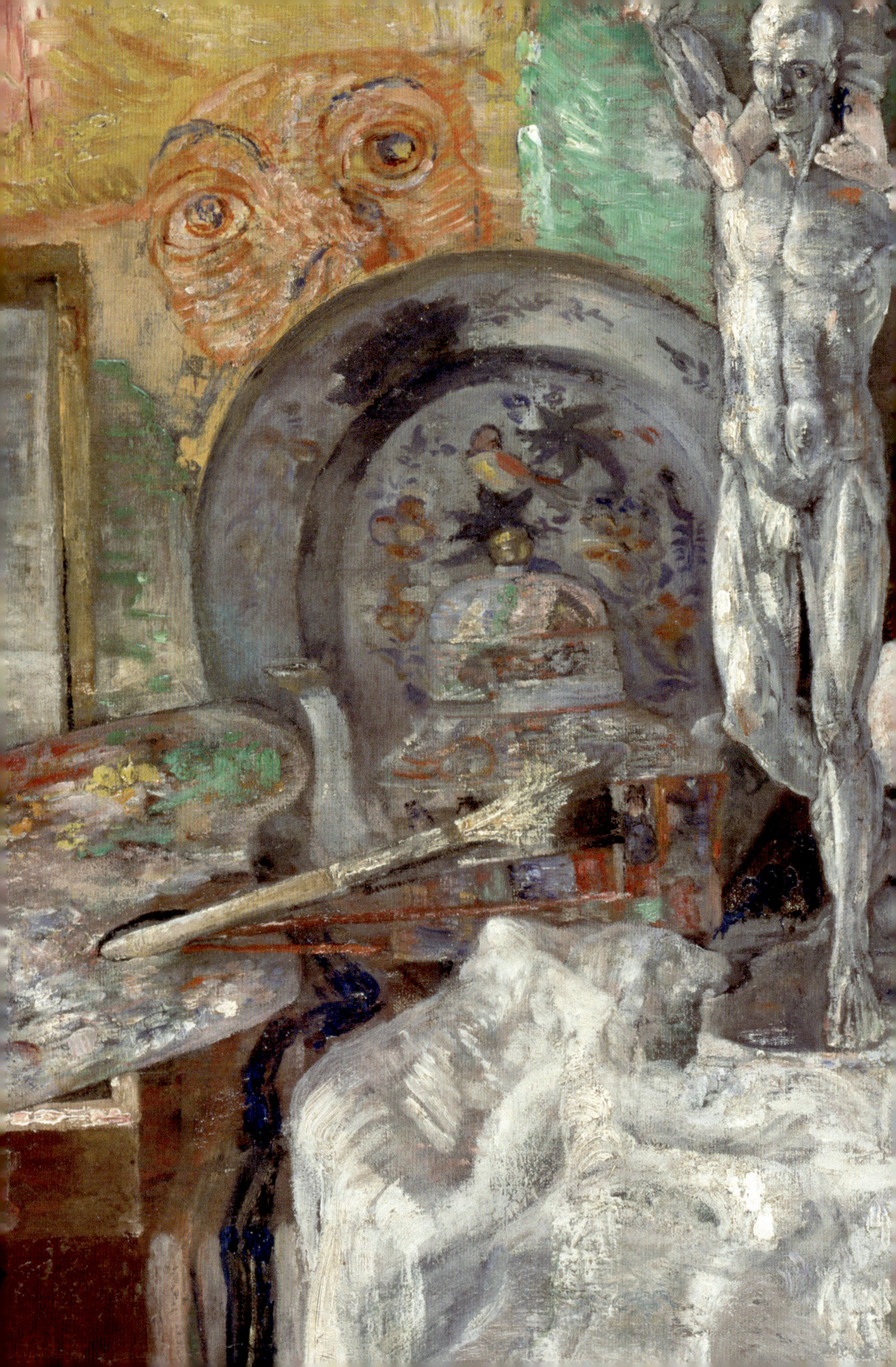

Früher, als ich noch ins Kaffeehaus ging, wenn sich ein Bekannter zu mir an den Tisch gesellte, versuchte ich nach einer Weile freundlichen Geplauders ihn mit diskret verschwörerischen Blicken und Winken auf meine gestaltlosen Begleiter aufmerksam zu machen. Das gelang aber selten, denn die meisten mussten alsbald eiligen Geschäften nachgehen oder entdeckten urplötzlich lange nicht gesehene Freunde in anderen Winkeln der Gaststube, die zu begrüßen keinerlei Aufschub duldete.
Nur einer, ein glückloser Musiker, war einmal so freundlich und grüßte beim Abschied in unsere Runde. »Habe die Ehre!«, rief er und nickte einem jeden von uns zu.
Das passte ihnen nicht, den Gespenstern. Ganz und gar passte ihnen das nicht. Wenn auch ein anderer sie sieht, kriegen sie es mit der Angst zu tun! Sie fühlen sich ertappt. So also ist das!
An Tagen, die nicht hell werden wollen, sitz ich einfach nur da und mache nichts. Wenn ich dann den Kopf schüttle und »Das kann doch nicht sein!« vor mich hinsage, bekomm ich fast das Gefühl, als hätten sie Mitleid mit mir, seien verständig und gingen sorgsam um mit meinem Unmut. Aber hach! Weit gefehlt. Auf die Schultern springen sie mir, hängen sich an die Knie.

Einmal, in meiner Not, ruf ich dem Freund, dem Musikus zu: »Komm! Erhör mich! Komm her, mein glückloser Tönemacher!« Da halten die Gespenster ein. Doch als niemand kommt, geht es weiter. Ich renn hinaus, will zum Haus des Musikus. Er wird sie sehen und ihnen den Marsch blasen, denk ich bei mir. Aber kein Musikus mehr im Haus, hinausgesetzt haben sie ihn.
Triumph der Gespenster! Sie lachen, sie schlagen mir ins Gesicht! Ich schlage zurück, hier und da, und nimm dies, und diesen Hieb! »Ein Spiegelfechter«, sagt da eine Frau zu mir und lacht feist – oder ist's ein Gespenst.
»Ich werde fechten«, denk ich da, »kämpfen werd ich«, und renn zurück ins Atelier, das ich schon so lange nicht mehr gesehen habe vor lauter Gespenstern. Und greif nach den alten Pinseln und allen Farben auf einmal und ruf: »Wohlan, kommt herbei, ihr Schimären, gespenstische Wesen, seid mir Modell!« – Was soll ich sagen? Sie eilen davon, kein Grinsen, kein Lachen, sie fliehen, auf und davon, kein Stoßen oder Reißen, nichts mehr, weg sind sie! Und ich, ich male sie aus dem Gedächtnis, muss mich an sie erinnern und wäre froh, wenn sich eins zeigte. Ich rufe sie herbei! Wie seht ihr heute aus? Doch die Gespenster, sie haben Angst, wahrlich Angst vor meinem Degen, dem Pinsel.

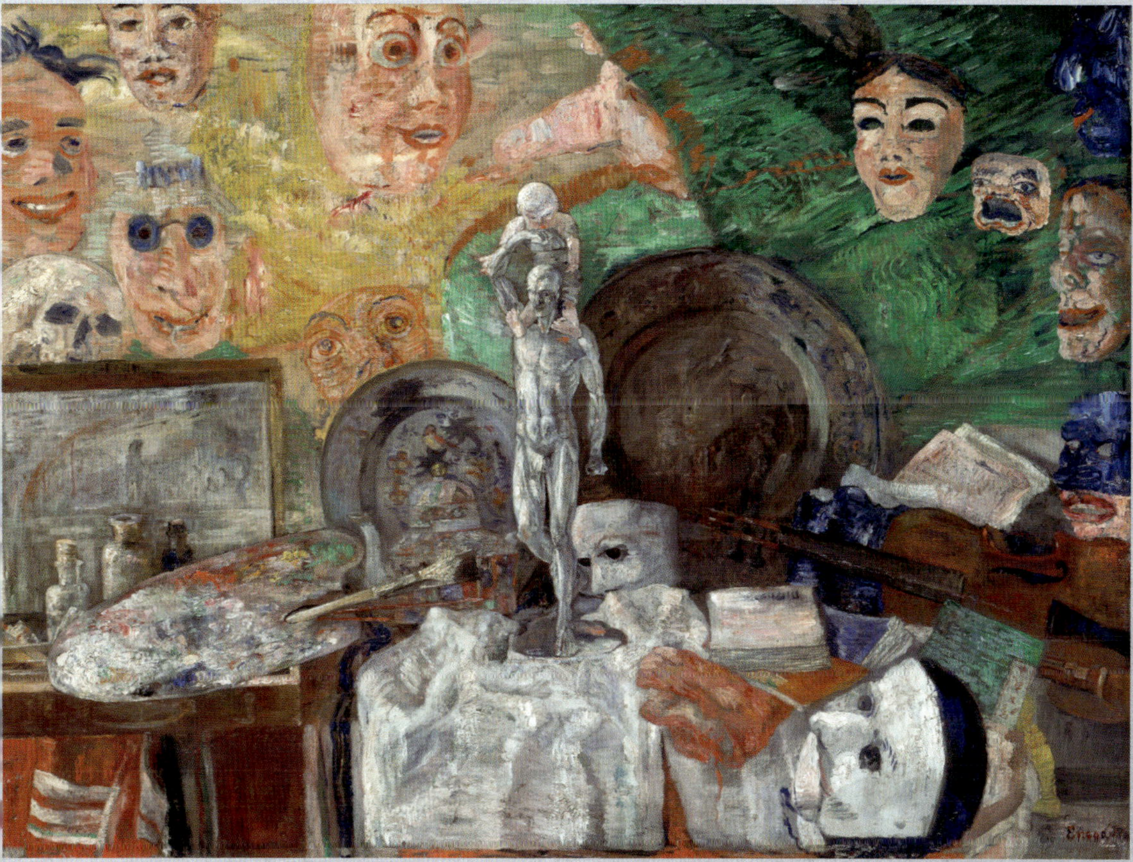

James Ensor
Stillleben im Atelier
1889

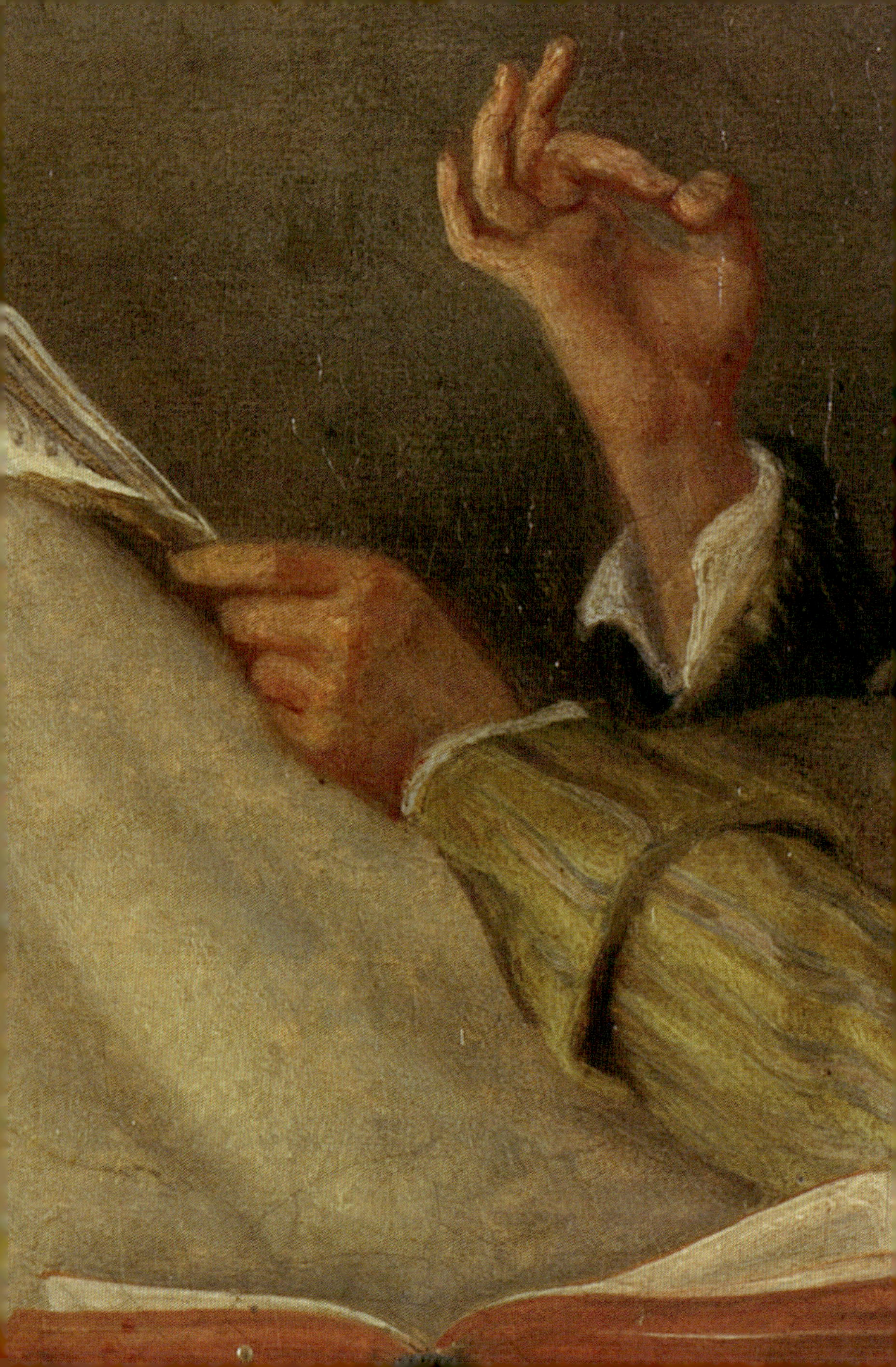

DER EINE Warum liegt denn der im Bett? Ist der krank?

DER ANDERE Na, siehst du irgendwo einen Stuhl oder ein Sofa, worauf er sitzen könnte?

DER EINE Nein, stimmt … Aber er könnte ja im Zimmer nebenan einen Stuhl haben.

DER ANDERE Ja, aber wenn er da säße, könnten wir ihn nicht sehen.

DER EINE Warum sollen wir ihn denn überhaupt sehen?

DER ANDERE Damit wir eine Vorstellung davon bekommen, wie elend es einem gehen kann, wenn einer ganz seiner Arbeit lebt. Wie ärmlich er hausen muss. Und ist trotz aller Not ganz bei seiner Dichtung.

DER EINE Woran sieht man denn, dass er arbeitet, dass er dichtet?

DER ANDERE Er hat Schreibzeug im Bett, Bücher stapeln sich, und er zählt die Silben an den Fingern ab.

DER EINE Und jetzt soll ich denken, er hat keinen Stuhl und keinen Tisch und er dichtet deshalb im Bett?

DER ANDERE Ja, so ungefähr. Das Bild heißt »Der arme Poet«. Vielleicht hat Spitzweg sogar die Kammer eines dieser so besessenen wie erfolglosen Dichter gekannt. Der arme Poet hat einen Regenschirm aufgespannt, weil es in seine Dachkammer hereinregnet …

DER EINE Wo ist der andere Stiefel?

DER ANDERE Welcher andere …? Ach so. Vielleicht hinter dem Ofen oder ganz vorne in der Kammer. Aber ich denke, dorthin kommt der Blick einfach nicht.

DER EINE Warum versteckt ihn der Maler vor uns?

DER ANDERE Er versteckt ihn doch nicht. Es geht nicht um Vollständigkeit.

DER EINE Fehlen deswegen auch Stuhl und Tisch?

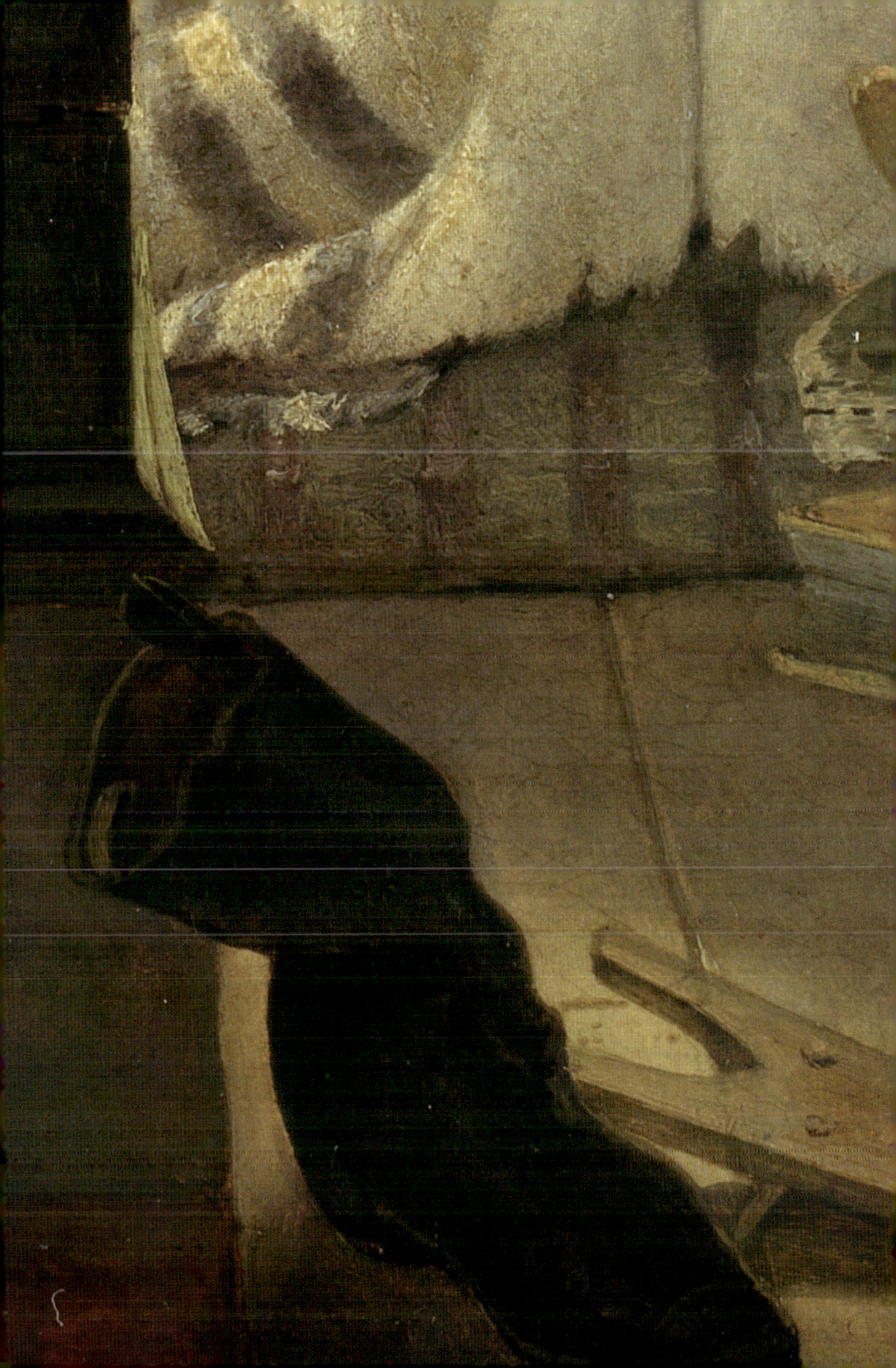

DER ANDERE Er ist ins Bett geflüchtet, ihm ist kalt. Schnee liegt auf den Dächern, aber im Ofen brennt kein Feuer … vermutlich, weil er kein Geld für Holz oder Kohlen hat. Nur seine Dichtung, für die er das alles auf sich nimmt, liegt schon bereit vor dem Ofenloch.

DER EINE Du meinst, er will sie verbrennen? Dann hätte er ja ganz umsonst gelitten.

DER ANDERE Aber für einen Moment würde ihm dabei warm.

DER EINE Was macht er, wenn ihm wieder kalt wird?

DER ANDERE Er hat eine neue Idee und fängt was Neues an. Oder er lässt es mit der Poesie.

DER EINE Das ist mir zu traurig. Wo ist denn sein Haustier?

DER ANDERE Welches Haustier denn?

DER EINE Sein Hund. Hat er denn keinen Hund?

DER ANDERE Woher soll ich wissen, ob er einen Hund hat?

DER EINE Ich dachte, du kennst dich aus mit diesem Bild.

DER ANDERE Woher sollte denn hier ein Hund herkommen? Und warum?

DER EINE Na, dann wäre doch klar, dass der Hund den anderen Stiefel geschnappt hat.

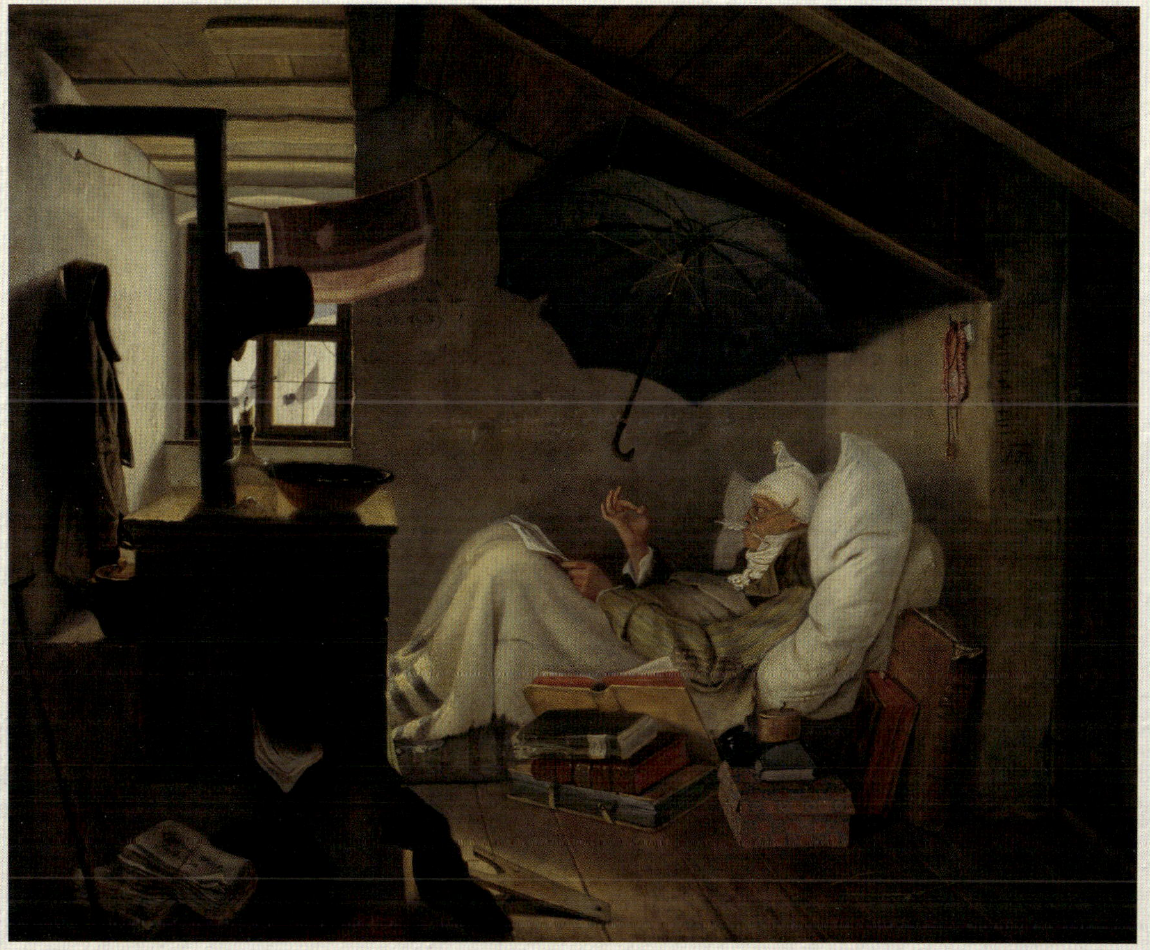

Carl Spitzweg
Der arme Poet
1839

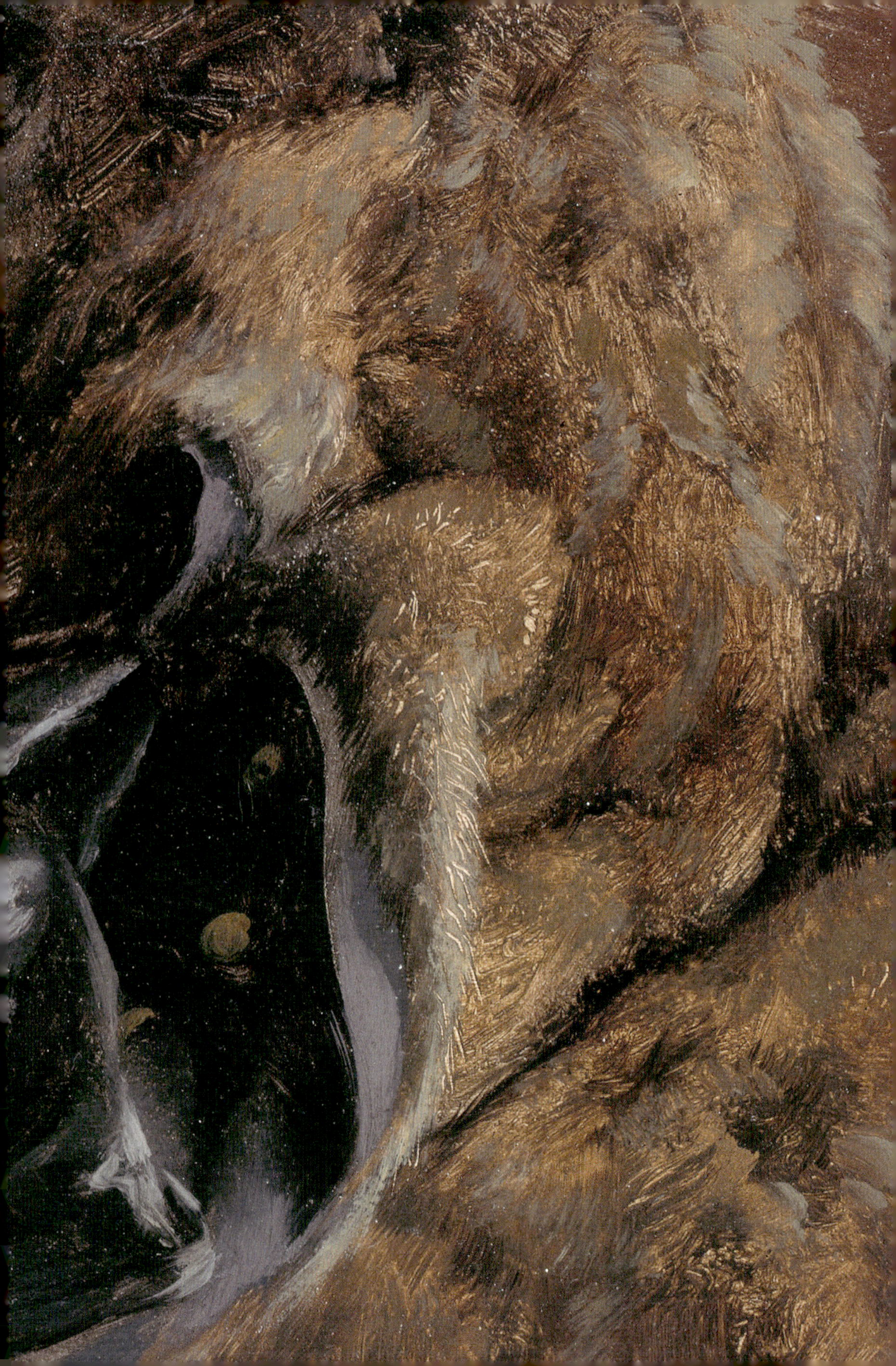

Mich hat er abgestreift, mich,
den Mantel, den Bären, achtlos
aufs Kanapee sacken lassen,
dorthin, wo nie einer sitzt, vielleicht
nur dann, wenn er, der große
Künstler, seine kleine Exzellenz,
die Türe verschlossen hält und
man zu warten hat auf gnädigen
Empfang. Selbst Emilie, sein
Schwesterchen, muss sich dann
dulden. Aber dieser Geck, er
soll einen preußischen Kürassier-
General geben, im Bärenfell!

Kaum hat er sich seines eigenen dünnwandigen Mäntelchens entledigt, folgt die gezierte Drehung zur Tür des Meisters. Ah, wenn ich mich selbst so spüren kann, Fell auf Fell, wenn mir Fell das Fell sträubt, gegen den Strich greift, wie steht mir dann mein herrliches Gestrüpp auf Ussuriskij vor Augen, mein fischreicher Amur, in dem ich einst meine Tatzen kühlte …
Was hab ich zu schaffen mit diesen überhitzten Stadthäusern, den engen rumpelnden Kutschen, den widerwärtigen Haken in viel zu lauten Wirtshäusern? Was soll ich in diesen stinkenden staubigen Malstuben? Über einen Stuhl wollte er mich drapieren, als er sich den General zu malen anschickte. Über eines dieser wackligen, dünnbeinigen Gestelle versuchte er mich zu legen, pah! Ein ums andere Mal hab ich mich im Trotz auf die Dielen geworfen, dass es nur so krachte. Bis er wütend und ungeduldig wurde, mein kleiner großer Meister. Dann hat er geschickt nach diesem Hänfling. Hab mich mit Absicht schwer gemacht! Ja doch! Ihm, der niemals meinen Wald gerochen, ihm drück ich die Schultern nieder, bis ihm schwindelt, bis er müde und kraftlos niedersinkt. Ach, hätt' ich nur meine Krallen noch, wie wollt' ich sie ihm in die dürren Rippen graben!

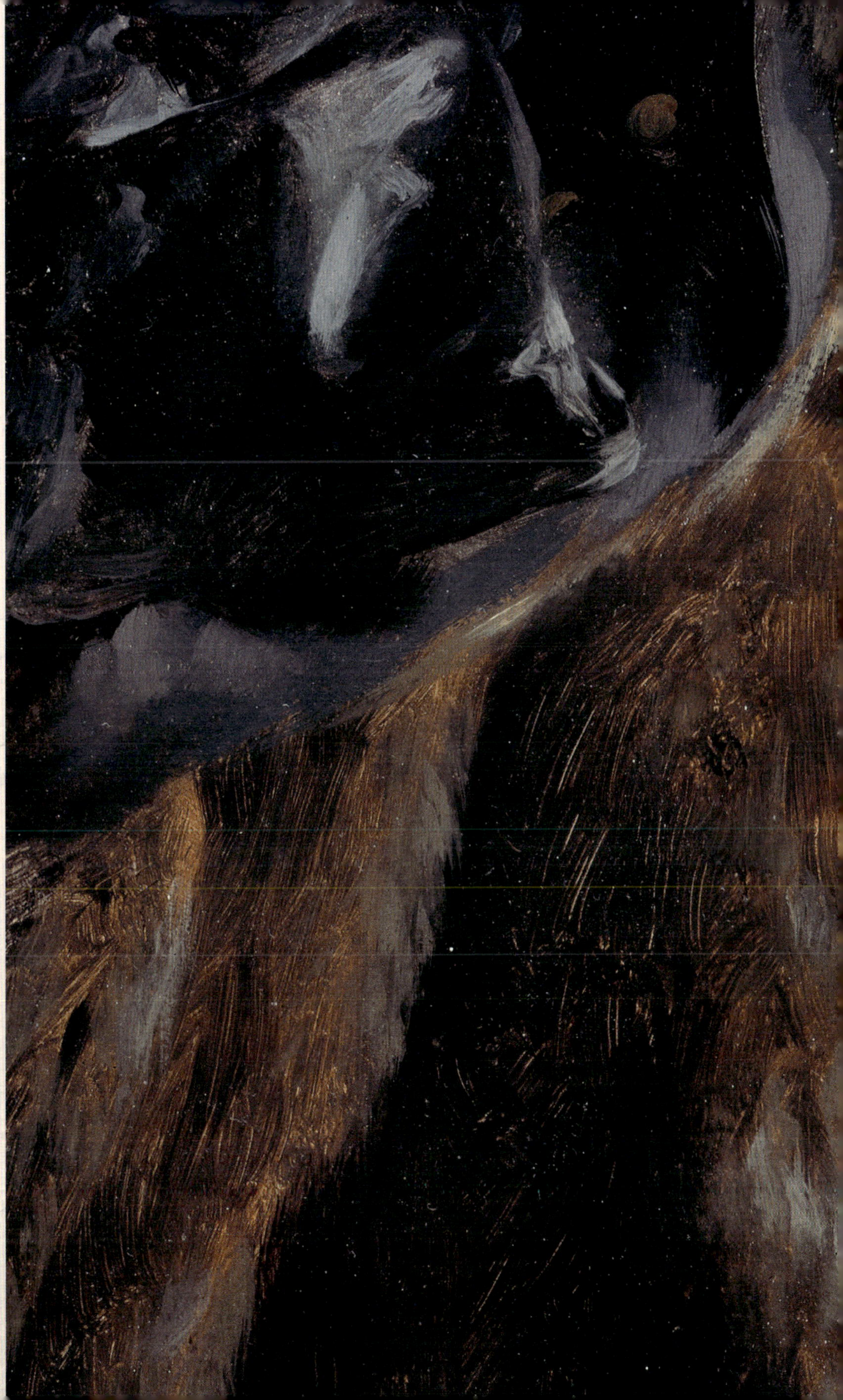

Aber Emilie, süße Emilie, mein Herzenskind, mein Sammetnäschen, als sie mich aufhob von den Dielen, mit beiden weißen Mädchenarmen mich zärtlich umschlang, mich Trumm und Schrat, ganz leicht hab ich mich da machen wollen … Ja wirklich, ein Seufzen entfuhr ihr, wie sie mich um die Brust legte, bis hinauf ans Kinn zog, ihr weiches Gesichtchen in meinen Kragen drückte. »Tierchen, Tier, mein Bär, brummiger russischer Freund, медведь …«, raunten ihre weichen Lippen versunken in mir, ach! – Der Laffe aber, frech, dachte, es gelte ihm und drehte feucht grinsend an seinen spärlichen Gesichtsborsten. Fast wär ich Dir aus den Armen gesprungen, liebste Emilie, hätt ihn niedergestreckt, den Spindelschlecker!
Ah, wie würde es dir wohl gefallen auf meiner Insel, Emilie, süße Emilie? Aber Ussuriskij ist weit. Sind solch andere Blicke, die mich hier zum Bärenungeheuer machen. Mein starker fischreicher Amur! Nun liege ich auf dem Kanapee, bin schwer und müde. Keine Emilie, die ich wärmen könnt, nur mein kleiner großer Meister vor mir, der mit den Farben ringt, mit mir ringt, mit mir allein, bärengleich, ich allein, zu groß eigentlich für so eine kleine Leinwand …

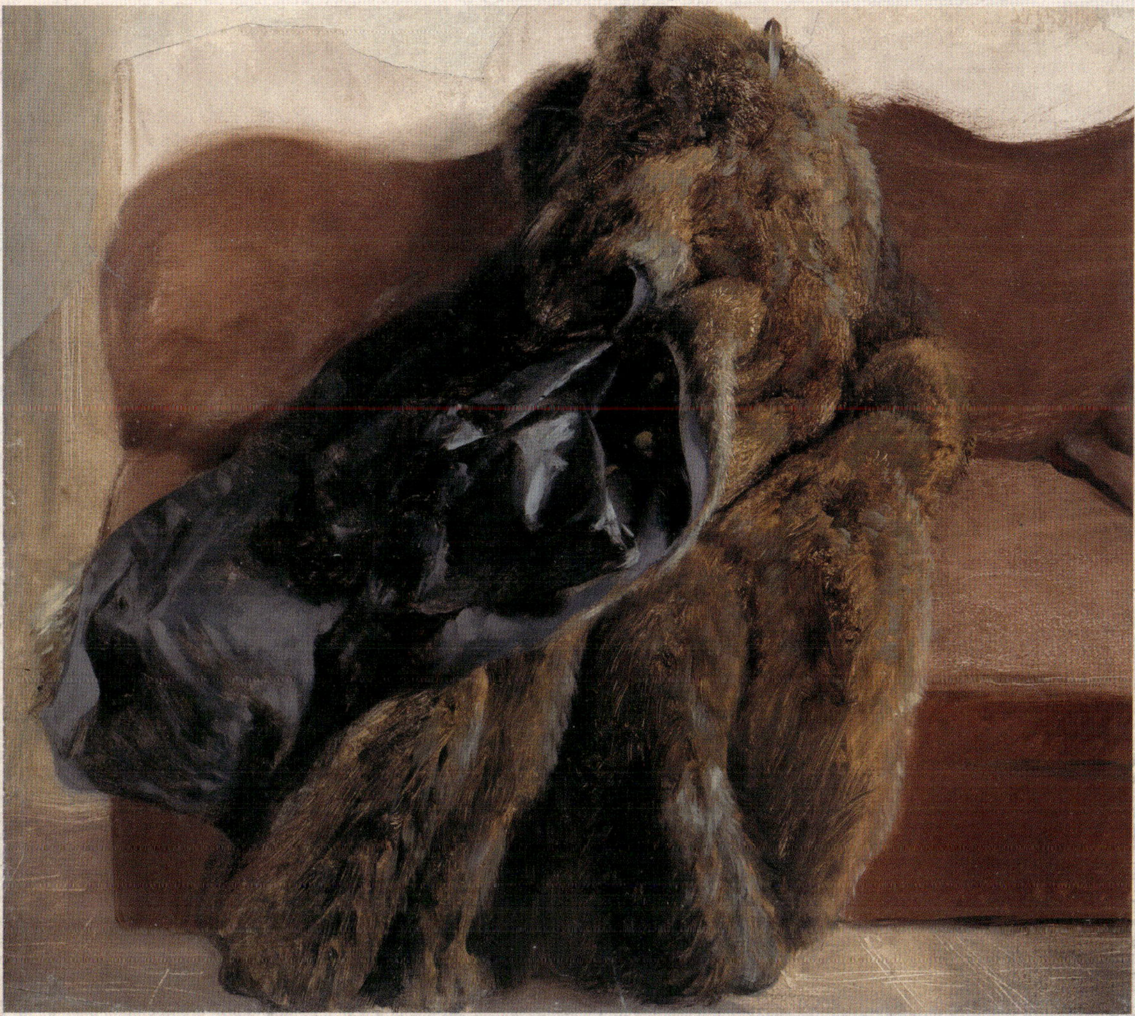

Adolph von Menzel
Pelzmantel auf einem Kanapee
(Der Pelz des Künstlers)
um 1859/60

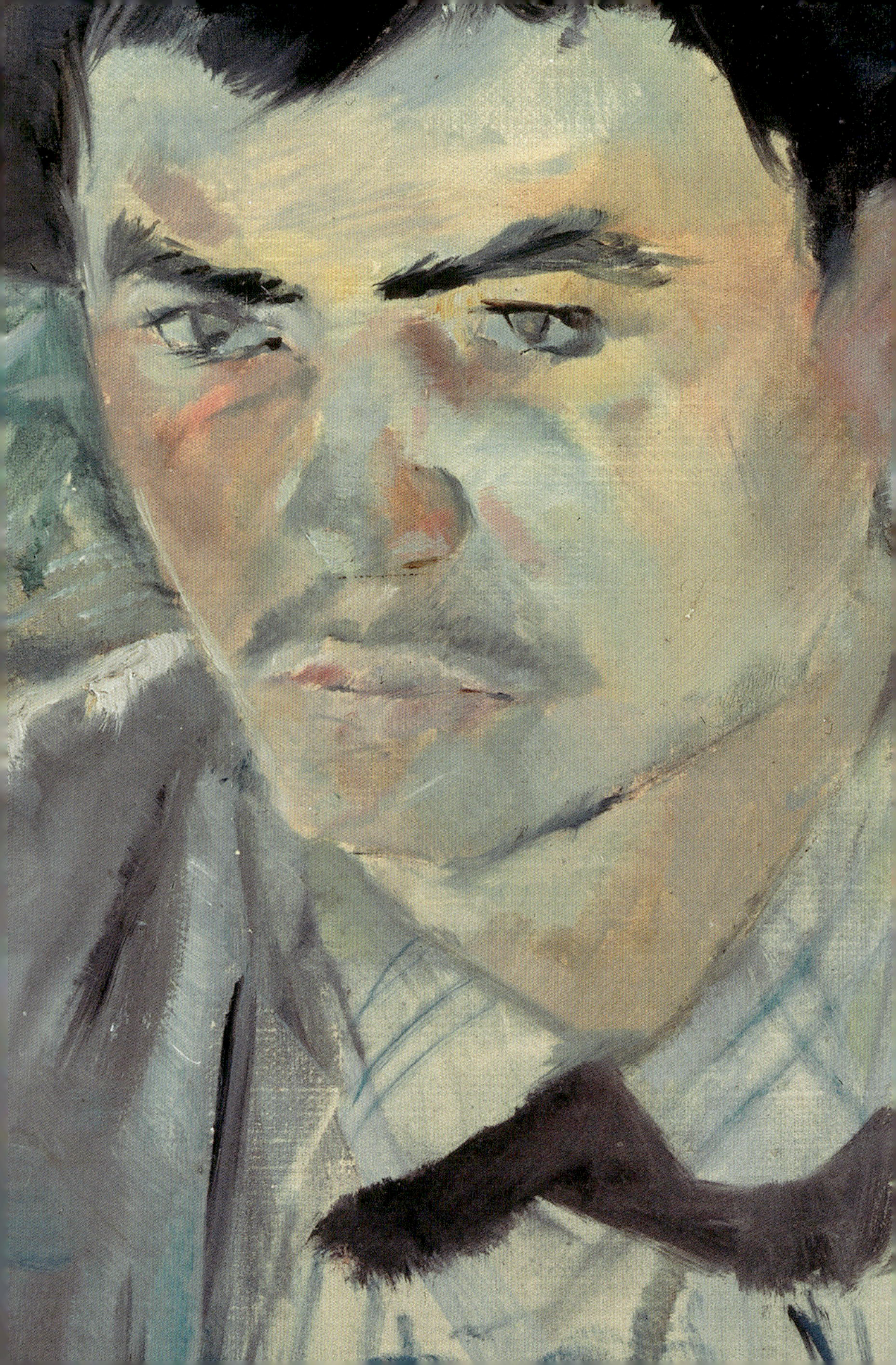

Warum wollte er partout, dass ich auf ihn herabschaue? Routy, der starke Routy, immer der lauteste und mutigste beim Baden in der Aude, der, der die größten Fische herauszog und morgens, wenn Mathilde gerade erst die Läden bei Papà aufschlug, schon dabei war, Holz zu stapeln oder die Weinfässer auszuwachsen.

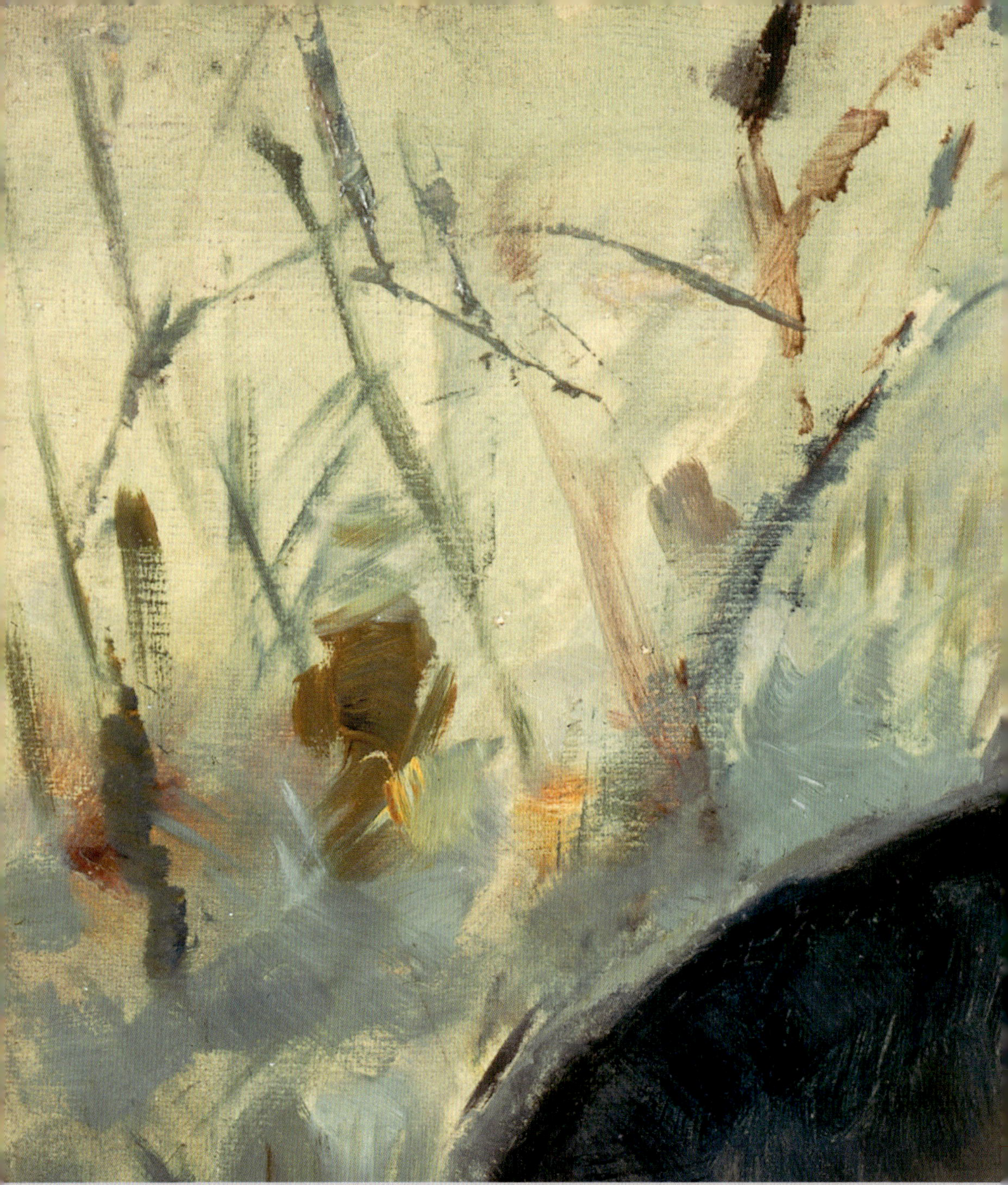

Es schien, als habe Routy auf einmal eine Art Beklommenheit mir gegenüber, eine Unsicherheit, vor mir, dem Zwerg! Über ein Jahr war ich nicht auf Céleyran gewesen. Immerhin, der Bart war mir inzwischen gewachsen, während ihm, dem Strotz, mindestens zwei Köpfe größer als ich, gerade mal ein Flaum die Lippe beschattete ... Ah, Routy, Routy, pinkelst dir aufs Knie! Aus der Hecke heraus habe ich ihm das zugerufen, mich in Sicherheit geglaubt. Wie er mich mit einem Ruck herauszog aus dem Gestrüpp, der um zwei Jahre jüngere, und auf mich einprügelte ... bis mir fast schwarz vor Augen wurde und der warme schaumige Speichel, der ihm aus den Mundwinkeln quoll und auf mein Gesicht tropfte, noch Tage später Ekel und Erregung zugleich auslöste. Routy, der die geschossenen Fasane meines jagdübermütigen Vaters bündelweise schulterte, der grobschlächtige Crétin, wie ihn meine Mutter mit einiger Besorgnis nannte.
Ich bat ihn, mit mir die Bank ein wenig aus dem dunklen, blaugrauen Baumschatten zu ziehen, mehr in das helle Mittagslicht, das so schwergolden auf allem lastete, ein sattes Leuchten, von dem man nicht wusste, ob es von der Sonne oder den prallen Ährenfeldern herrührte.
Er packte die Bank allein, ohne mich anzusehen.

»Setz dich einfach auf die Bank, bequem, keine Pose, rauche ruhig, erzähl mir, was machen Émile und Gawain? Und die schöne Hélène?« Kein Blick, er sank einfach vor die Bank auf die bloße Wiese nieder. Wäre sein Blick nicht so stier, so farblos gewesen, hätte man fast von einer gewissen Anmut, ja Demut in seiner Bewegung sprechen können – hätte er sich bekreuzigt, gewundert hätte es mich nicht. Er setzte sich aufrecht, um sich nicht mit den Händen abstützen zu müssen, die Beine seitlich abgewinkelt, die rechte Schulter leicht nach vorn geschoben, beide Hände auf den linken Oberschenkel gelegt. Wo hatte er diese Haltung schon gesehen? Sie wirkte geziert, ihm ganz und gar nicht natürlich. Dabei dieser dumpfe Gesichtsausdruck – und weiterhin kein Wort zu mir. Ein ums andere Blatt versuchte ich diese Leere zu begreifen. Allmählich sanken seine Schultern etwas nach vorn, die Beine müssen ihm eingeschlafen sein. Routy, Routy, pinkelst dir aufs Knie … Als ich nach gut zwei Stunden sagte, ich hätte genug für heute, stand er auf der Stelle auf, stellte ungebeten die Bank zurück unter den Baum und in den Schatten und ging grußlos davon.

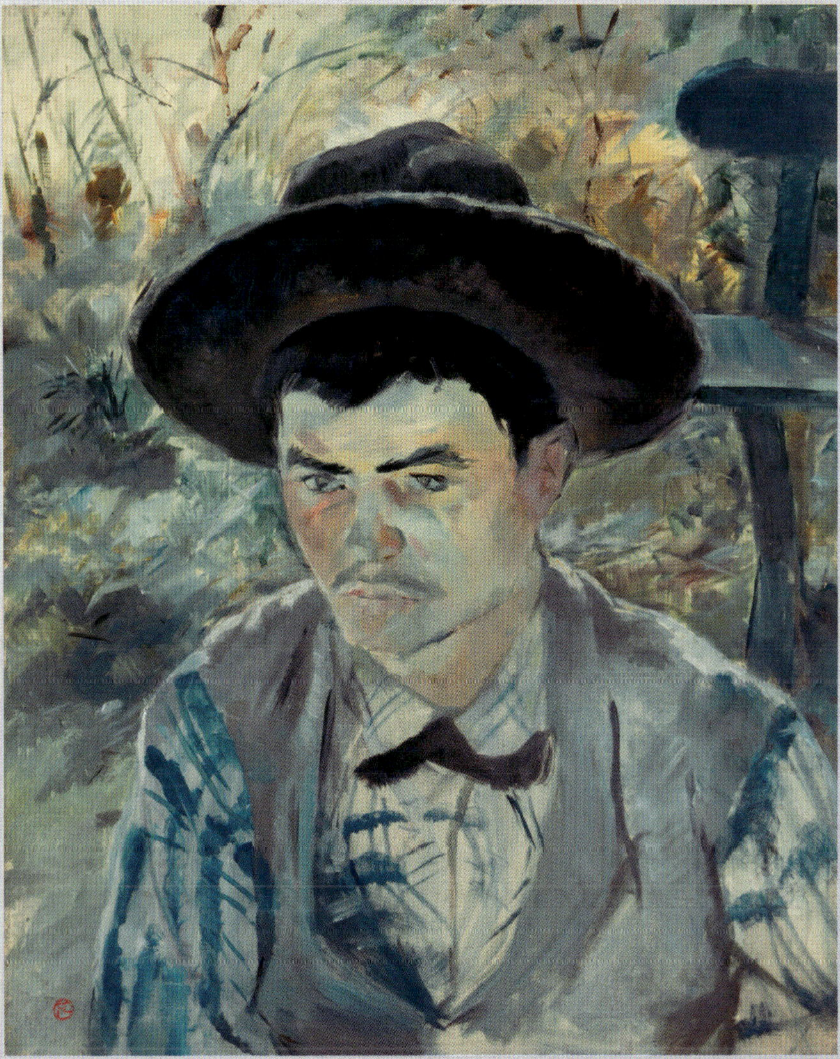

Henri de Toulouse-Lautrec
Der junge Routy auf Schloss Céleyran
1882

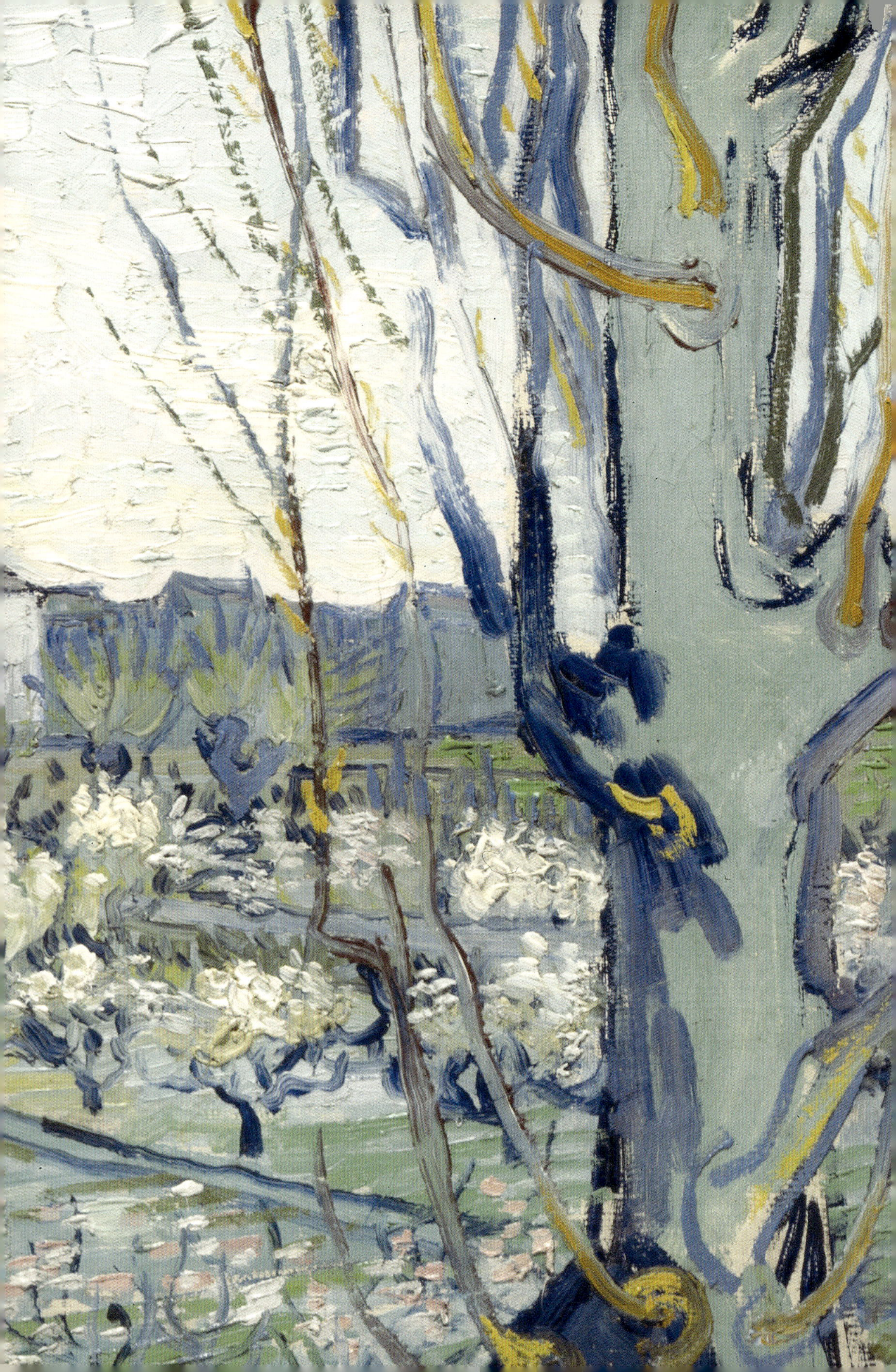

Wir sind schon mal drei, geradezu und links und rechts. Stehen dir ganz schön im Weg, was? Musst dir deine Sicht erst schaffen, wie? Zwischen uns hindurchbohren. Aber erst einmal Strich, Strich, Strich, hinauf, hinauf und hinaus aus der Bildfläche. Reicht dein Blick nicht bis ganz hinauf?

Dort, wo unsere jungen Triebe über das knorpelige Rindendunkelblau hinauswachsen, wo sie übermütig leuchtend in den Himmel staksen oder sich ineinander ducken. Ha, das siehst du nicht, hältst dich doch so nah an unserem aufrecht knarzigen Stamm.
Siehst auch nicht um uns herum und genauso nicht, wie unsere Wurzeln unten sich ausladen, Gras und Erde aufwerfen und davon- und hinabkriechen zum Wasser, da verschwinden, hinein in den Schlamm und der Strömung nach ein Stück, Strich, Strich, Strich. Kein Ufer diesseits. Kannst weder Kopf noch Blick senken. Schaust direkt ins Wasser hinab.
Nein. Stimmt nicht, dein Blick prallt auf Strich, Strich, Strich lichtes Blau, auf Gelb, Rosa und rötliches Blau, dann auf moos- und giftigeres Grün. Ein Ufer jenseits. Und dehnt sich schräg wie ein auslaufendes Zittern, wo es sprießt und blüht und einer dort, der hackt auf den quergestrichenen Feldern, Furche auf Farbe auf Furche. Bäume mit Hüftschwung und weißen Tupfenperücken ziehen weit hinten an die Ackermauer oder gegen neuerliche Weiden heran, die es auch nicht schaffen zu den Eischneewolkenstrichen. Was siehst du wieder nicht? Wie

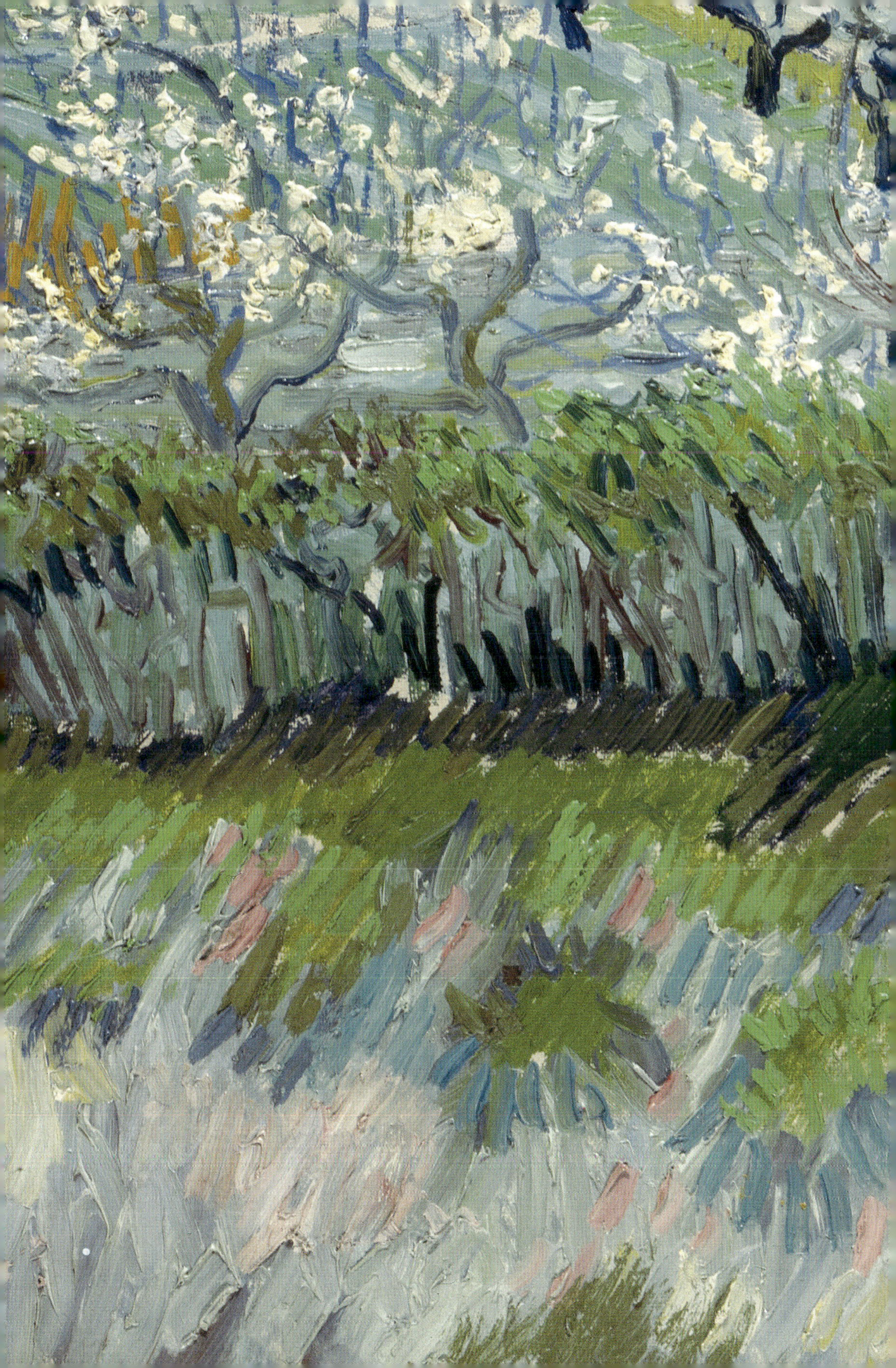

die Frühlingserde aufbricht, duftet und nässt? Was in und zwischen den Häusern vor sich geht? Was hörst du nicht? Das gollernde Wasser, wie es die dunkleren Pinselhiebe streichelt? Den Zikadentinnitus, der hier in all der aufgeworfenen Farbpaste hockt und im Sommer erst richtig unbarmherzig anschwillt? Die Kirchturmglocken? Wir wissen es ganz genau, verrückt bist du nicht. Was denkst du, warum sind wir wohl da und lassen es nicht zu, dass dein Blick lauthals und mit ausgebreiteten Armen auf die Äcker fällt? – Komm näher, lehn dich an uns!

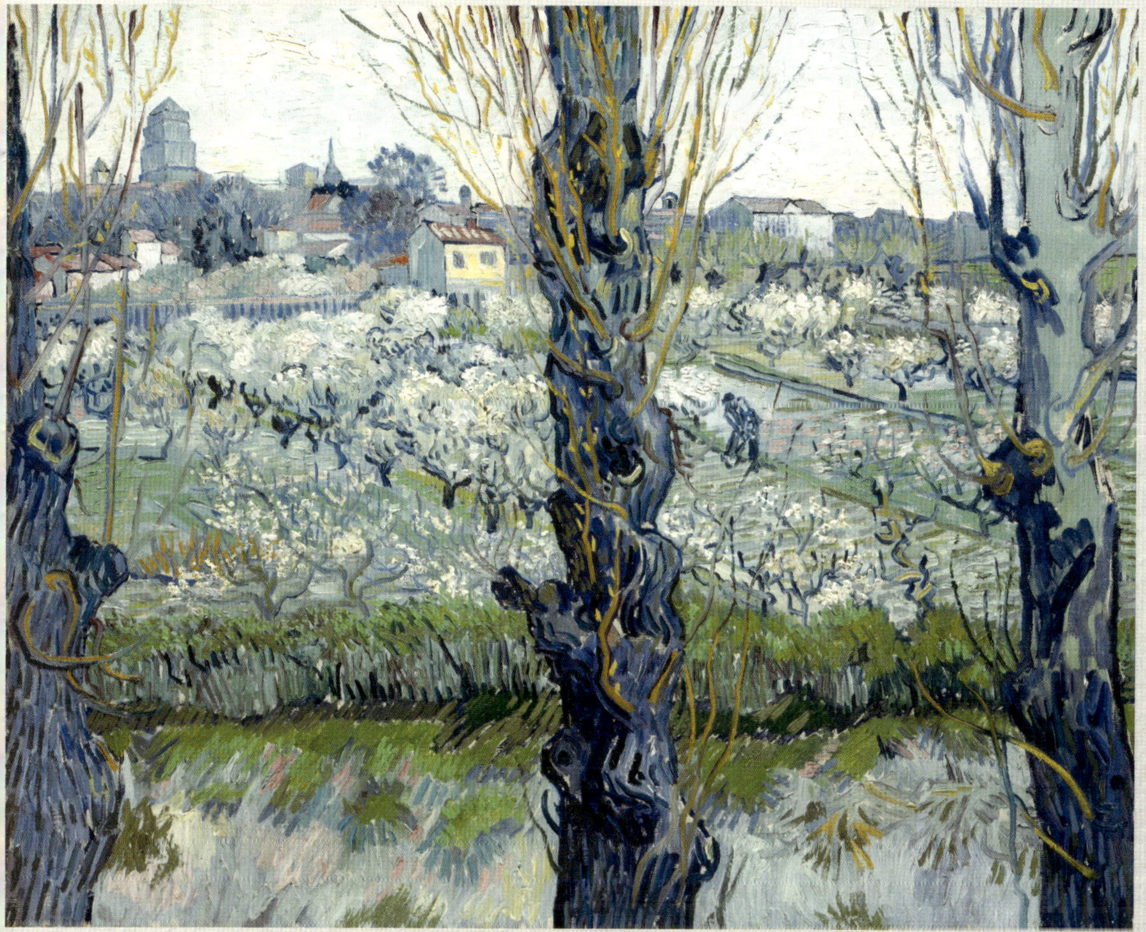

Vincent van Gogh
Blick auf Arles
1889

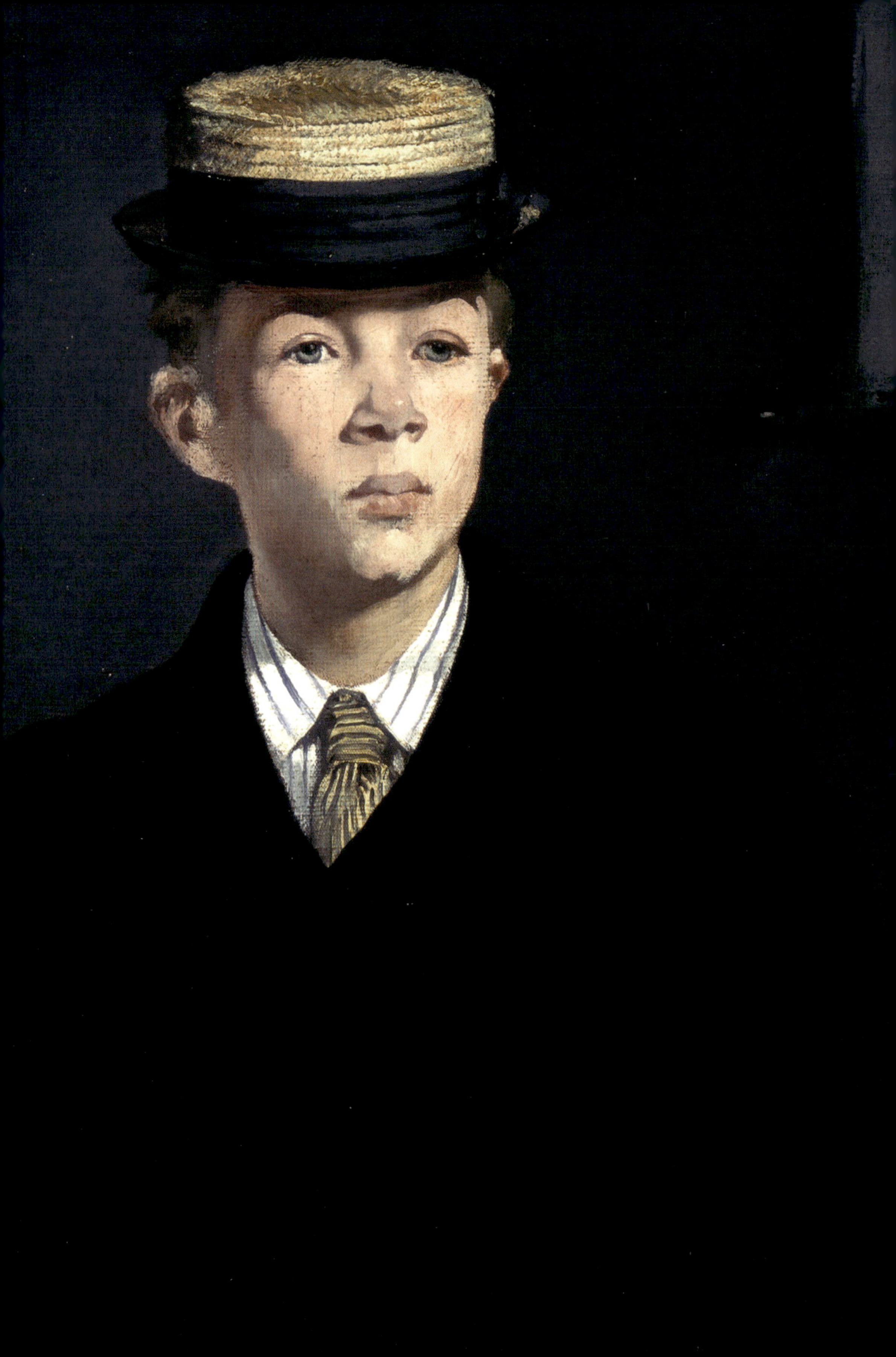

»Ach, Édou, wie ein kleines keckes Goldkrönchen sitzt Léons Strohhut auf seinem Kopf. Er ist doch kein Kind mehr! Was hast du dir dabei gedacht? Ich weiß als Mutter noch nicht einmal, ob ich seinen Blick hier als blasiert oder doch eher traurig deuten soll.«

»Madame, Sie waren ja nicht dabei. Es war ihm einigermaßen lästig, an diesem Vormittag Modell zu stehen. Er wollte ausgehen, wurde schon seit geraumer Zeit von Freunden erwartet. Nicht traurig, nein, auch nicht blasiert. Vielleicht wollte er mit diesem Blick seinem Vater bedeuten, dass ihn das Gespräch, das wir bei der Sitzung führten – Bankgeschäfte ... – nicht interessierte. Jeanne bat er zwischendurch sogar recht ausgelassen, Rotwein statt Kaffee zu servieren.«

»Sie wieder, natürlich reden Sie meinem Mann nach dem Munde! Verdienen ja auch nicht schlecht an ihm, nicht wahr? Aber gut. Léon hat mir von einer ganz anderen Szenerie erzählt, Édou. Malst du an noch einem anderen Porträt von ihm? Édou! Wo bist du denn mit deinen Gedanken?

Jeanne, bringen Sie bitte noch etwas Kaffee. Und Sie, mein lieber Monsieur Guibeaut, möchten Sie nicht mit uns frühstücken? Legen Sie doch ab!«

»Haben Sie besten Dank, Madame, aber ich muss eiligst weiter. Monsieur Degas erwartet mich in seinem Atelier ... und Sie wissen ja, diese seltene Gelegenheit darf man nicht ungenutzt lassen. Leben Sie wohl, Madame Manet, ein anderes Mal gerne. Édouard, die Schrift-

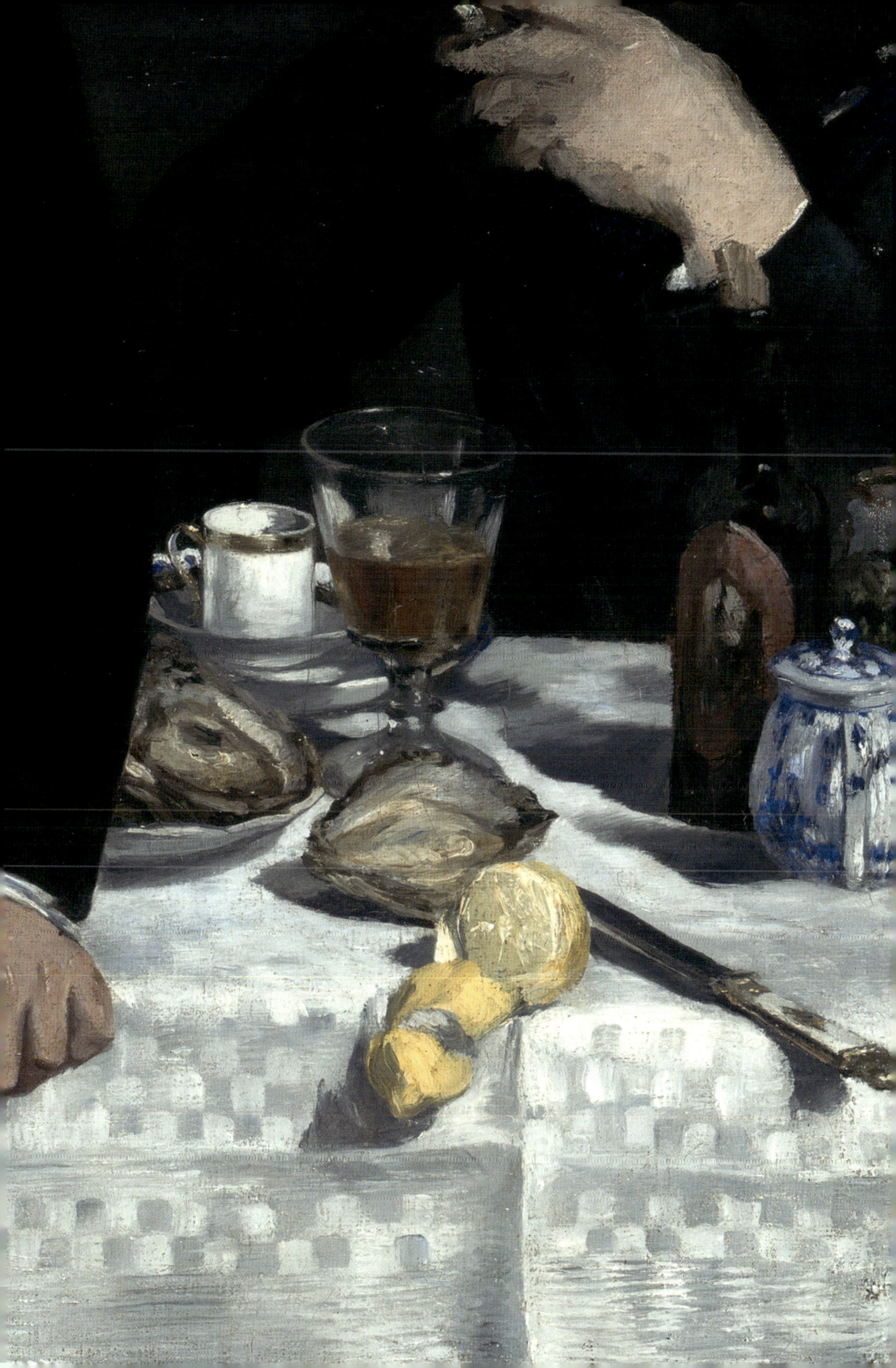

stücke lasse ich dir da. Sieh sie dir bei Gelegenheit an. Ich rechne auf deine Zustimmung! Adieu!«

»Was für Schriftstücke? Édou? Hörst du mich? Ich rede mit dir! Um was für Schriftstücke geht es? Zustimmung zu was? Guibeaut ist wahrlich …«

»Weißt du, darum liebe ich ihn. Ich bat ihn, mich frontal anzuschauen. Ein gerader Blick aus seinen so hellblauen Augen schien mir ein wunderbarer Kontrast zu dem vielen Grau von Jeanne und Guibeaut. Er blieb ganz bei sich, schaute an mir vorbei ins Leere, grad so, als wär ich aus der Welt. Und dahin auch sein Blick.«

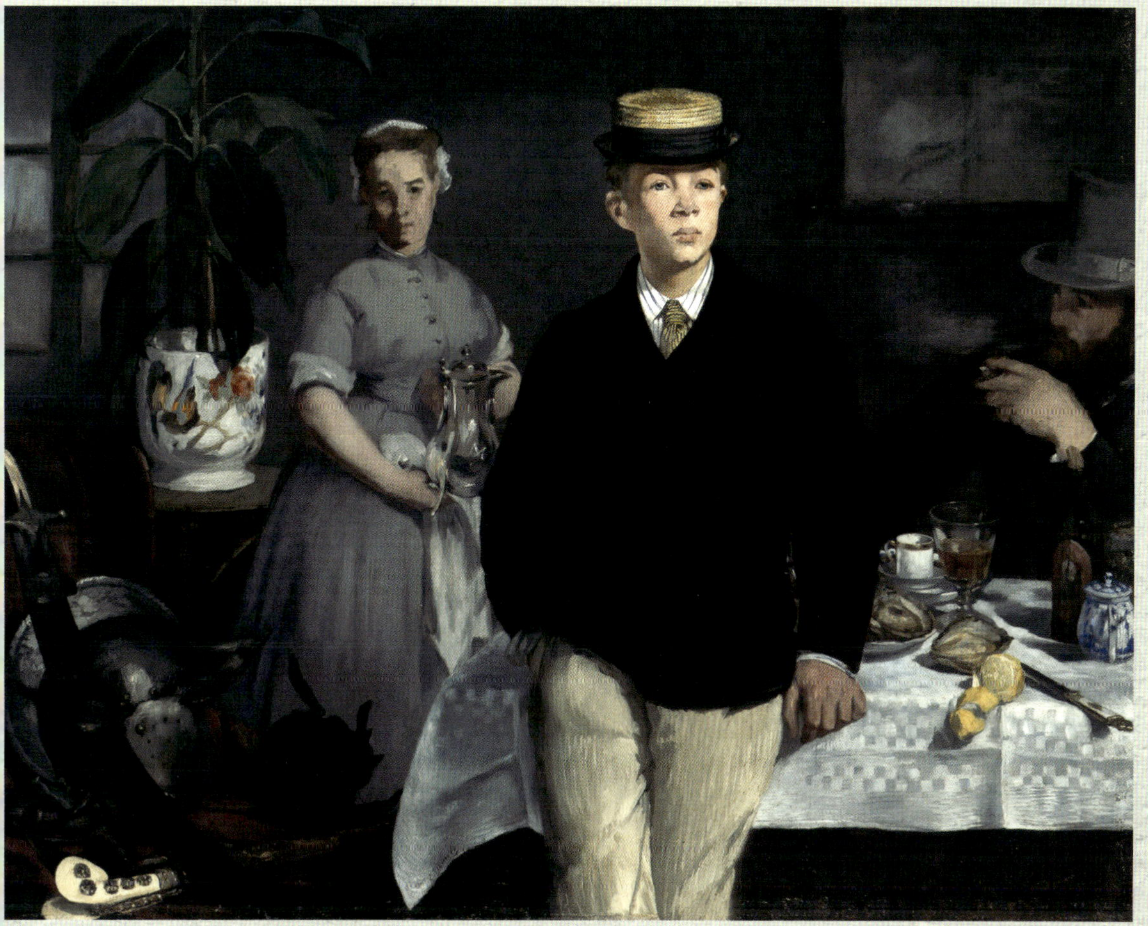

Édouard Manet
Frühstück im Atelier
1868

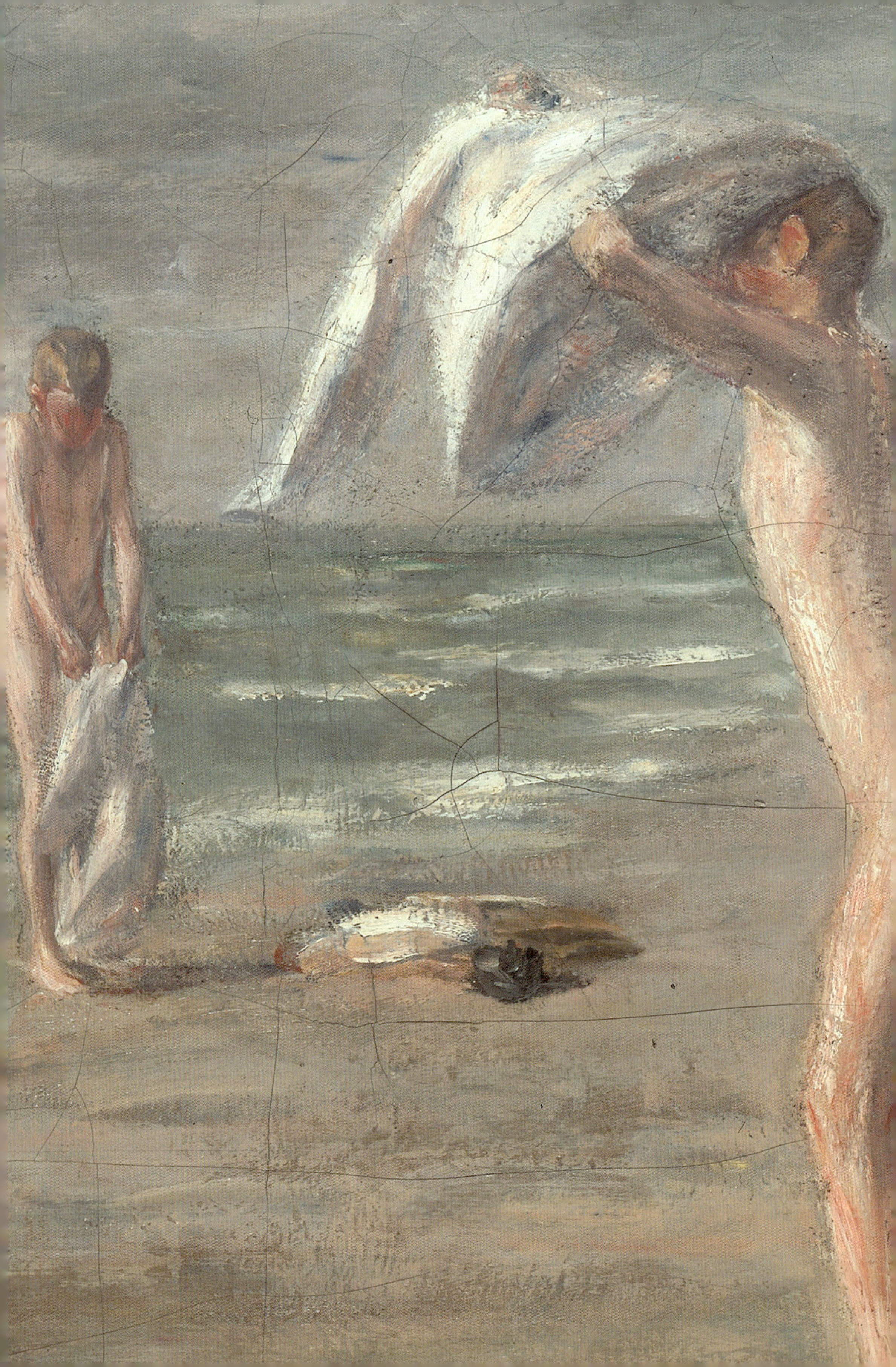

Es war kurz vor meinem zwölften Geburtstag, ich erinnere mich, wir waren gerade angekommen in Noordwijk und konnten es kaum abwarten, endlich an den Strand und ins Meer zu kommen.

Mutter entließ uns meist, sobald wir die Koffer auf unsere Zimmer gebracht hatten und den Hausleuten, diesen »ehrbaren Menschen«, wie sie bei jeder Gelegenheit hinzufügte, unsere Aufwartung gemacht hatten. Gustav, Henry, Carl und ich veranstalteten wie stets ein Wettrennen durch den Garten, der so unfassbar ungestalt blieb all die Jahre, selbst im Sommer, wo noch die ärmlichsten Rabattenvorgärten im Berliner Wedding mit Stockrosen und Levkojen protzten.

»Red nicht so daher, Robert. Woher willst du denn wissen, wie es im Wedding aussieht?« Mutter ärgerte meine Überheblichkeit und mein Spott gegenüber dieser von ihr und Vater bewusst einfach gewählten Sommerfrische, zugleich war sie sichtlich besorgt über meine Kenntnisse der Arbeitersiedlungen und »Sozinester«, wie sie mein Großvater nannte. Durch den Garten also, entlang der Sanddornhecken, vorbei an den zwei Gehöften, hinter denen schon bald sich die Dünen erhoben. Carl war uns meist weit voraus, während Henry, der Jüngste, spätestens an der Dünenböschung zu greinen anfing, und Gustav oder ich ihn an die Hand nehmen mussten, um dann als letzte diesem unglaublichen Erlebnis ausgesetzt zu sein: der Blick auf das endlose Meer, auf den Schnitt, der

Wasser und Himmel trennte, auf das lastende Wolkengewölle oder lichte pudrige Blau des weiten flachen niederländischen Himmels. Jahr für Jahr von Neuem war dieser Anblick unfassbar. Im Hinabstieben nestelten wir unsere Hosen und Hemden auf, suchten gar nicht erst den Strandkorb, den Vater wie jedes Jahr gemietet hatte, sondern tobten, die Kleider in Haufen am Strand zurücklassend, ins salzige Wasser, wo wir johlten, so schauderte uns vor Kälte und Glück.

In jenem Sommer sprach uns dieser ältere Herr an, ich kannte ihn schon aus den vorigen Jahren. In seinem hellen Leinenanzug und dem tief in die Stirn gezogenen Strohhut, unter dem sich ein dunkler ausladender Schnurrbart verbarg, ging er oft stundenlang am Strand auf und ab, ließ sich manchmal auf dem Sand nieder, geradeso, ohne Tuch, und fertigte Skizzen an. Auch an diesem Tag begleitete ihn dieses auffällig ernste, doch unerschrockene Mädchen, dessen Haar so schwarz und schwer war, dass die Zöpfe wie eine große irdne Last auf ihren Schultern lagen. Als wir am ganzen Leib schlotternd und schier blau gefroren aus dem Wasser rannten, winkte er uns heran und fragte, ob wir ihm nicht Modell stehen wollten, er sei Maler, wir könnten uns dabei »ein Sommergeld« verdienen. Käthe, so hieß das Mädchen, das, wie sich herausstellte, seine Tochter und im selben Jahr 1885 wie ich geboren worden war, schaute mich unverwandt an. Eigentlich war dieser späte Sommernachmittag im August 1897 schon der Augenblick, in dem sie mir ihren Heiratsantrag machte. Wer weiß, ob ich selbst jemals dazu Mut gefunden hätte.

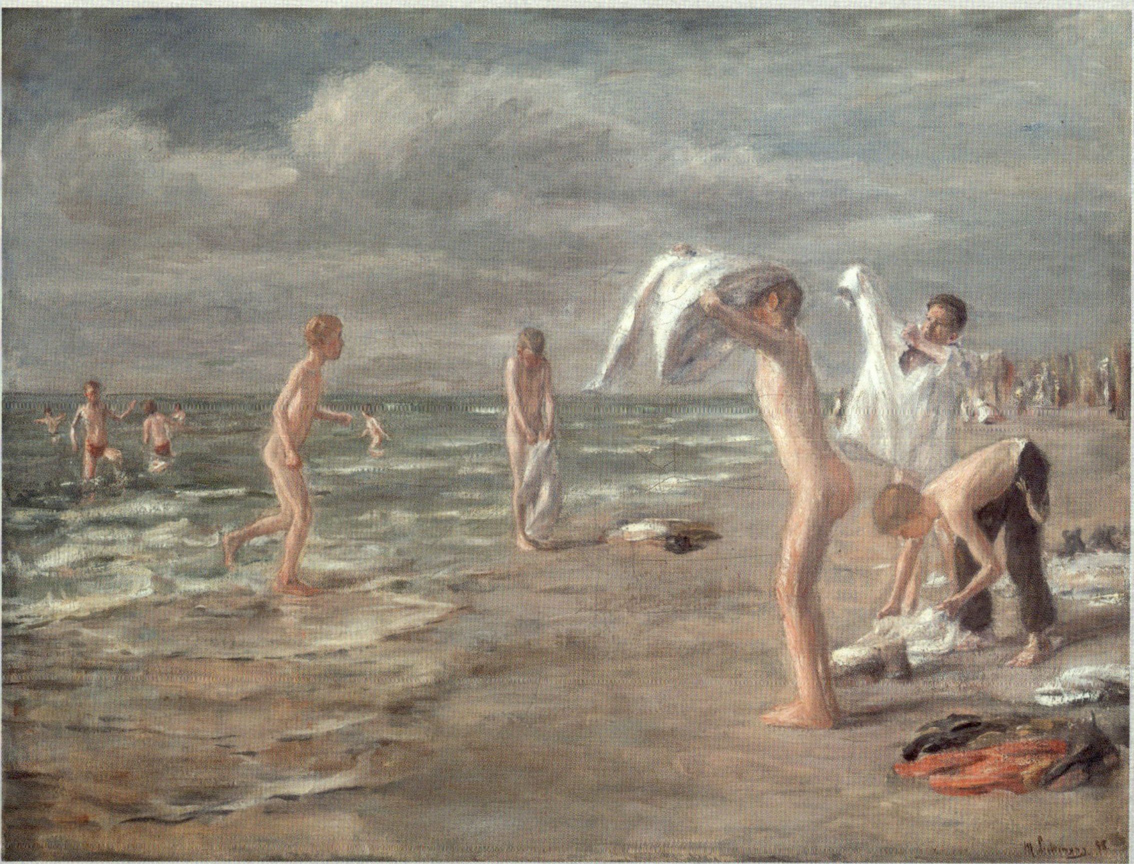

Max Liebermann
Badende Jungen
1898

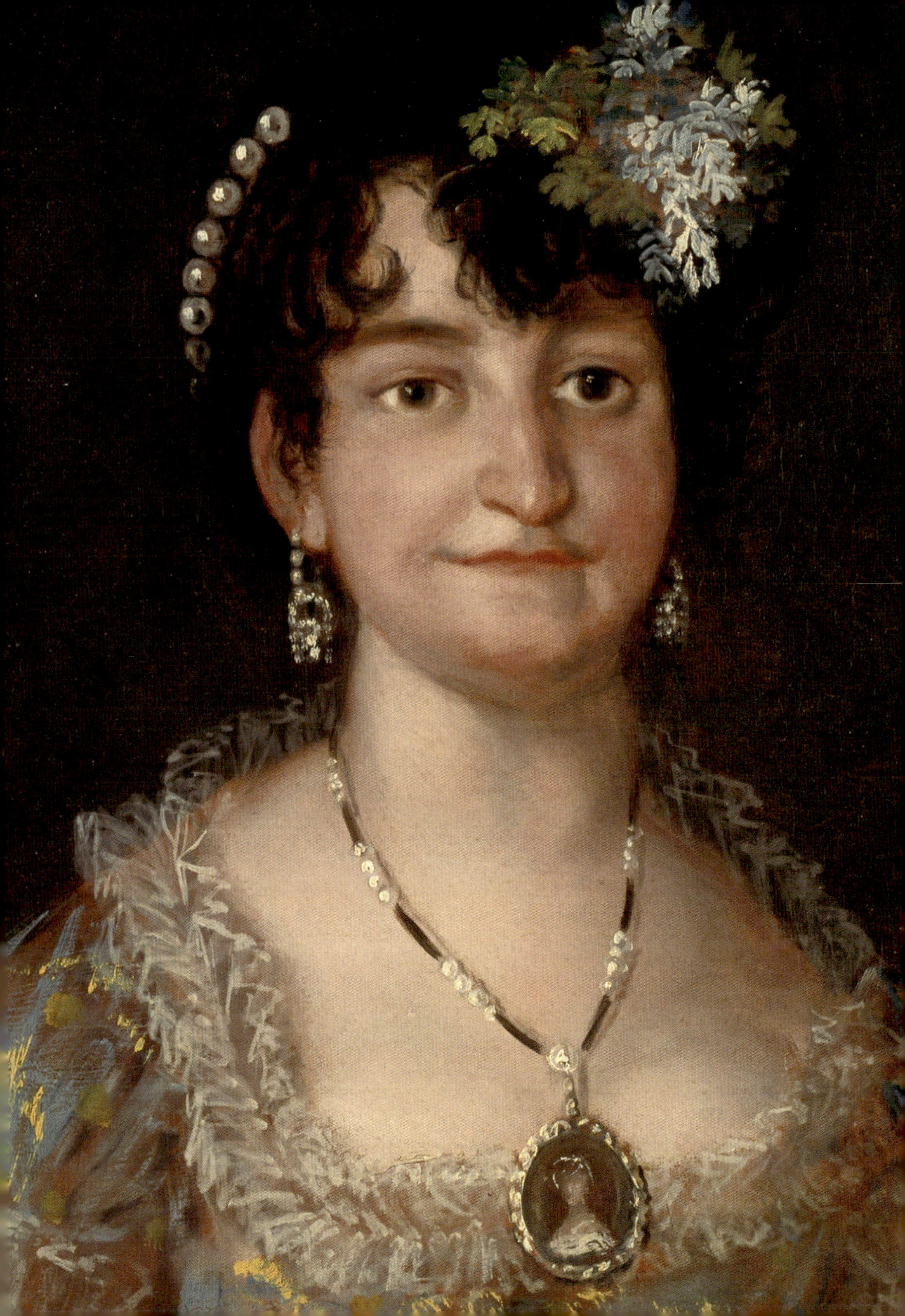

Mir geht es gut. Ich bin eine
Frau von dreiunddreißig Jahren
und habe mehr erreicht,
als einer Dame meines Ranges
gemeinhin beschieden ist.
Meine treuen Dienste bei Königin
Maria Luisa haben mir die
bestmögliche eheliche Verbindung
geboten. José Antonio Marqués
de Caballero, Justizminister,
ist dem königlichen Rat gefolgt und
hat mich im Jahre 1800 geheiratet.

Ich erfreue mich bester Gesundheit, esse stets mit Appetit, und selbst meine Verdauung funktioniert so gut, dass unser Hofmarschall die Schlossuhr danach stellen könnte. Mein Haar ist üppig, und wenn sich darin ein graues zeigt, lässt es sich unbemerkt entfernen. Allein die Zähne haben über die Jahre einigen Schaden genommen, weshalb ich das alicantesische Turrón, das ich mit Vorliebe vor dem Einschlafen esse und das nicht der geringste Grund für die stete Anhänglichkeit unseres kleinen Kronprinzen ist, in süßen Màlaga einweiche. In Aranjuez, wo wir die Sommermonate verbringen werden, wird sich allerdings auf Wunsch der Königin ein französischer Apotheker einfinden, der sich hervorragend auf die neuartige und originelle Einpassung von Zahnprothesen aus Porzellan versteht; selbst unsere Königin will sich von ihm diesbezüglich bedienen lassen.

Auch jetzt, da ich nicht mehr dem engsten Kreis um unsere Königin angehöre, kenne ich die geschriebenen und ungeschriebenen Spielregeln des Hoflebens und weiß, was auf welcher Etage des Palastes zu welcher Stunde vor sich geht.

Das alles sage ich nicht ohne Anlass. Freimütige Bekenntnisse ziemen sich freilich nicht für eine Dame meines

Standes und meiner Position. Doch habe ich beschlossen, hier keinesfalls stillzuhalten und zu schweigen, denn es geht um mein Bildnis.

Auch wenn ich täglich für ein Ewiges Leben im Himmelreich bete, so weiß ich doch eines nur zu gut: Hier auf Erden wird es allein dieses Bild sein, das dereinst an mich erinnert. Es war der ausdrückliche Wunsch meines Mannes, ein Bildnis sowohl von mir als auch von ihm selbst anfertigen zu lassen. Ein gewisser Francisco wäre am besten dafür geeignet, hieß es bei Hofe. Nun, ich entsprach dem Wunsch, graulte mich jedoch zugleich vor der endlosen Langeweile dieser Porträtsitzungen, wie sie meine Königin so oft zu absolvieren hat. Ach, aber wie! Keinen Augenblick habe ich mich gelangweilt. Die Stunden verflogen nur so! Ich durfte mich rühren wie mir beliebte, ja, Francisco ermunterte mich gar fortwährend zum Sprechen. Er bat mich, ihm zu erzählen, am liebsten das, was mir gerade so durch den Kopf geht. Nach anfänglicher Scheu wurde es mir ein regelrechtes Bedürfnis, mich ihm mitzuteilen. Und ich muss gestehen, selbst heute noch schreibe ich ihm mitunter einen kleinen Brief, eine belanglose Mitteilung, ein winziges Histörchen oder schlicht einen Gruß.

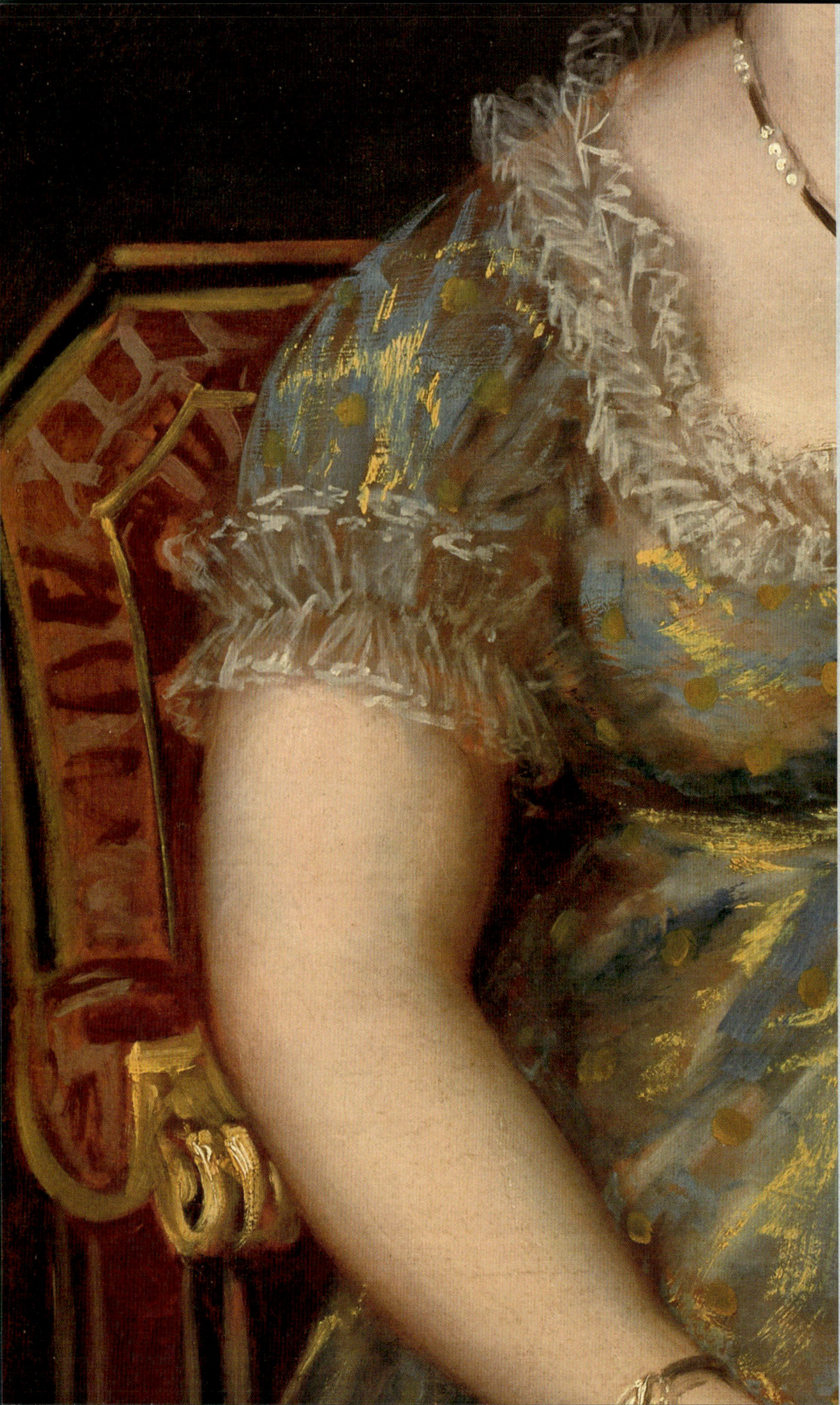

Nun aber, da ich vergnügter bin denn je, zerreißen sie sich das Maul. Über mein Bild! Ah, wie hässlich! Plump der Körper, die Nase ein Rüssel, heillos tumb und blöde der Blick. Der Charme einer glotzenden Kuh … und was noch alles! Im besten Falle halten sie es für misslungen, unvorteilhaft oder gar unfertig, weil die untere Partie nicht ausgearbeitet scheint.
Aber gerade das liebe ich ja, den Blick von unten nach oben wandern zu lassen, als wachse ich empor, als gewänne ich gerade erst durch den Blick des Malers meine eigene Gestalt. Francisco weiß so gut wie ich, was hier am Hofe – und nicht nur hier – für schön und anziehend und hoheitlich gilt. Wir wissen, wie eine Dame auszusehen hat. Aber jene, die mich hinter vorgehaltener Hand für eine verkleidete Bäuerin halten, weil ich lache, wenn man nicht lachen darf, weil ich spreche, wenn man nicht sprechen sollte, weil ich mich bewege, wenn man stillzustehen hat, die sind jetzt die ersten, die über das Bild herfallen.
Das Wunder aber ist: Obwohl ich mich von jeher täglich eingehend meines Spiegelbildes versichere, obwohl ich stets in der Lage bin, die kleinsten Veränderungen vor allen anderen an mir zu bemerken, habe ich mich bis dato noch nie wirklich erblickt. Mir scheint, ich bedurfte

der Hilfe von Francisco, um selbst zu sehen, dass ich anders in die Welt blicke. Das habe ich jetzt begriffen. Vielleicht aber – und das wäre Befriedigung genug – vielleicht sind viele verärgert, weil sie nicht wissen, für wen und wes Inhalts das kleine Billett ist, das ich dort in meiner linken Hand halte. Doch ich sage nur: Es geht mir gut.

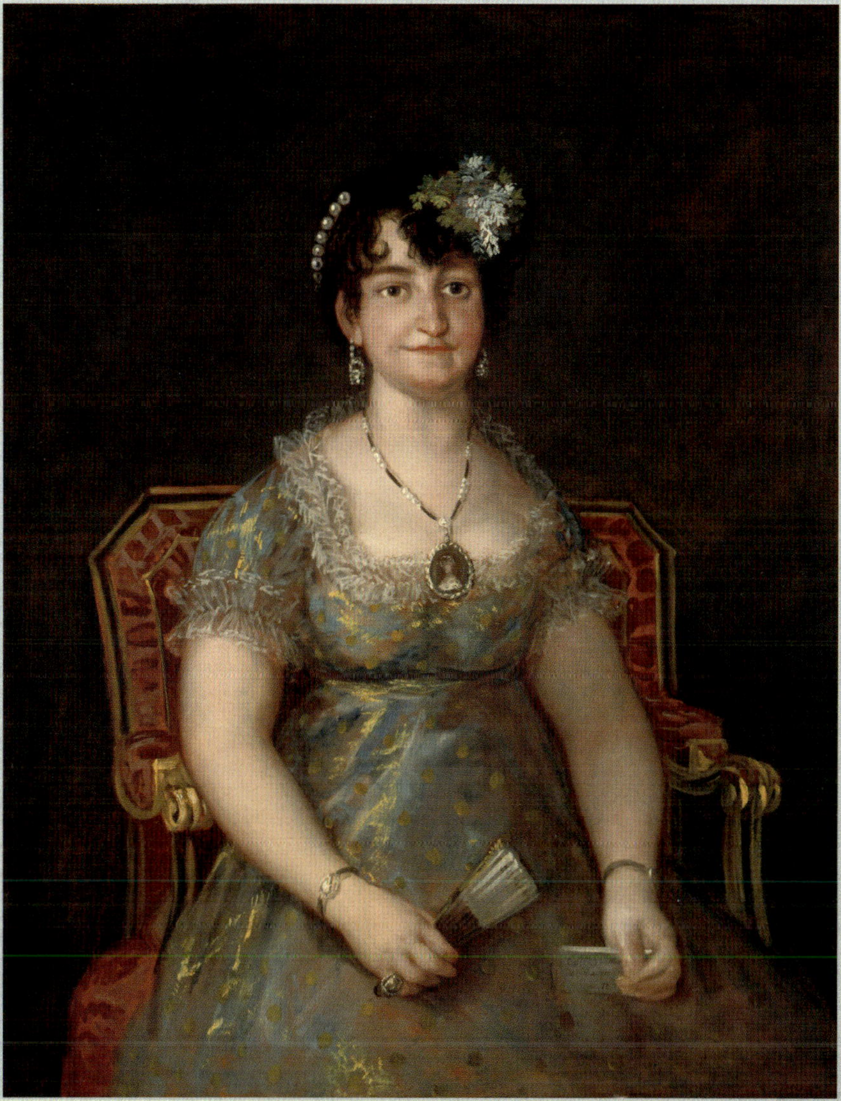

Francisco José Goya y Lucientes
Marquesa de Caballero
1807

Pierre Bonnard

1867–1947

Braunkohlengrube

um 1918/20

Öl auf Leinwand

242,5 × 337 cm

Auf den ersten Blick erscheint die riesige Leinwand wie ein Muster unregelmäßig gesetzter großer Farbflecken. Keine repräsentative historische Szene, keine stimmungsvolle Stadt- oder Naturansicht – Pierre Bonnard, der ein Hauptvertreter der Künstlergruppe Les Nabis war, zeigt das Gelände der Braunkohlengrube bei St. Étienne wie eine fast beiläufige, von aller anstrengenden oder schmutzigen Arbeit enthobene Farblandschaft. Die drei Kinder fügen sich wie selbstverständlich ein und schaffen sich ihre eigene Inselwelt, die wie flüchtig hingemalt und außerhalb aller Realität ist – als seien Arbeiter wie Kinder der Welt der klaren Konturen und unmissverständlichen Geschichten abhanden gekommen.

S. 8

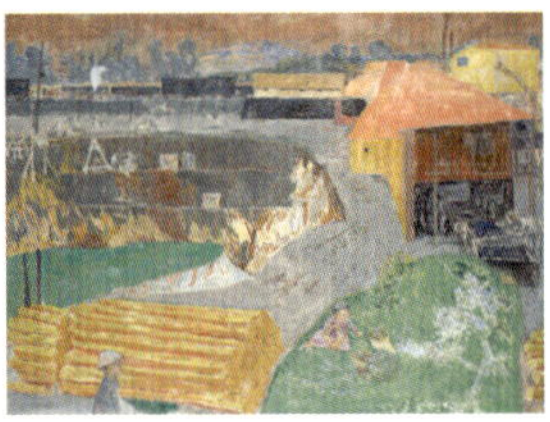

Paul Cézanne

1839–1906

Selbstbildnis

um 1880

Öl auf Leinwand

55,5 × 46,2 cm

Auf der Rückseite der Zeichnung eines Waldstückes findet sich der Entwurf eines Liebesbriefes.[1] Paul Cézanne hat ihn vermutlich um 1885 in Aix-en-Provence geschrieben, wo ihm die Unbekannte, an die der Brief gerichtet ist, begegnet sein muss. Cézanne malte immer wieder Selbstporträts. Ihm ging es dabei nie darum, eine gehobene gesellschaftliche Stellung oder seine Bedeutung als Künstler zu demonstrieren. Eher sind seine Selbstbetrachtungen geradezu nüchterne Blicke und geben weder einen bestimmten Gemütszustand noch eine biographische Information von sich preis. So schaut man auch hier nicht so sehr auf ein Bildnis Paul Cézannes, sondern auf eine Malerei, die sich selbst zum Thema nimmt, ein Ansatz, der ihn zum Vorbild für Künstler wie Henri Matisse oder Pablo Picasso macht. Ob Selbstporträt oder Waldstück – die von ihm verehrte Unbekannte bekäme sicherlich kein stummes Bild.

S. 50

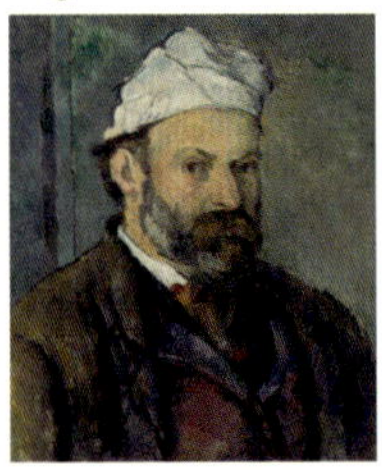

Edgar Degas

1834–1917

Die Büglerin

um 1869
Öl auf Leinwand
92,5 × 73,5 cm

Emma Dobigny war ein in ihrer Zeit sehr berühmtes Berufsmodell. Auf zahlreichen Bildern Edgar Degas' ist ihr rundes mädchenhaftes Gesicht zu erkennen. Er malt sie als Büglerin oder Wäscherin, als Spaziergängerin, als teetrinkende Bürgersfrau. Es sind keine Porträts von Emma Dobigny, vielmehr schlüpft das Modell in die Rolle, die ihr der Maler zuweist. Als *Büglerin* blickt Emma Dobigny von ihrer Arbeit auf, schaut dem Betrachter etwas müde, aber direkt in die Augen. Degas hält zwar diesen Moment fest, doch wird die Tätigkeit nicht unterbrochen, die Bewegung hört nicht auf. Vielarmig führt Emma das Bügeleisen über den Stoff. Ein anderer Maler, Camille Corot, hat sie als *Dame in Blau* (Louvre, Paris) verewigt. Auch dort bleibt das Modell reine Phantasiegestalt, deren Lebensalltag verborgen bleibt.

S. 2

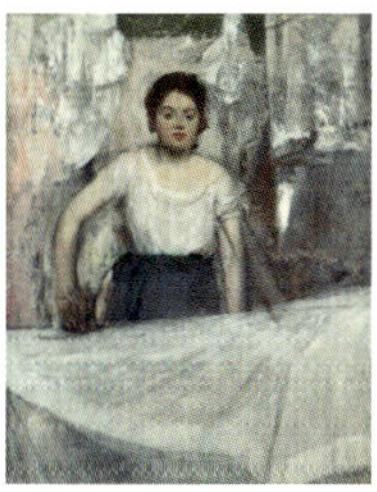

James Ensor

1860–1949

Stillleben im Atelier

1889
Öl auf Leinwand
83 × 113,5 cm

Als »Maler der Masken« wurde der belgische Maler James Ensor bekannt. Als Maler, der mit seiner nervös-wilden Malweise bizarre, fantastische Visionen schuf, die zunächst nur wenig Zuspruch beim Publikum fanden. Als Fratzen und erstarrte Gesichter bevölkern die Masken seine Bilder. Unklar bleibt, ob sie bloßes Requisit oder tatsächlich jene unheimlichen und angsteinflößenden Dämonen sind, derer der Maler mit Pinsel und Farbe kaum Herr zu werden vermochte. James Ensor schrieb: »Eines Nachts, als ich in meinem erleuchteten Zimmer lag, [...] stürzte ein großer Meeresvogel [...] vor mir zu Boden und stieß dabei gegen meine Wiege. Ein unvergesslicher Eindruck [...] und [ich] spüre noch immer den Anprall des seltsamen Vogels.« [2]

S. 88

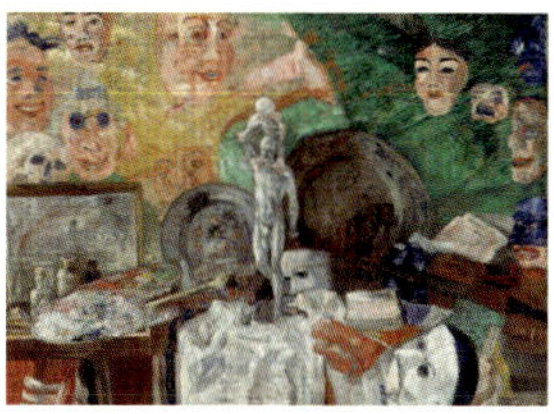

Caspar David Friedrich
1774–1840

Fichtendickicht im Schnee
um 1828
Öl auf Leinwand
31,3 × 25,4 cm

Akribisch genau malt Caspar David Friedrich die Gruppe von Nadelbäumen mit Schneebesatz. Fast erstarrt erscheinen sie, nicht jedoch aufgrund der Winterkälte, sondern angesichts der Aufgabe, die ihnen vom Maler offensichtlich zugeteilt wird. Bei Naturmotiven geht es den Malern der Romantik kaum um wissenschaftlich exakte Abbildlichkeit. Die Natur, seien es einzelne Bäume, seien es riesige Gebirgszüge, ist aufgeladen mit gleichnishafter Symbolik, mit geistiger Bedeutung, die bestenfalls empfunden, nicht aber durch eine Bilderzählung dargestellt ist. Friedrich, der als der bedeutendste Landschaftsmaler der deutschen Romantik gilt, schafft hier ohne menschliche Figuren eine christliche (Natur-)Symbolik, die selbst in dem kleinen Format monumental erscheint.

S. 44

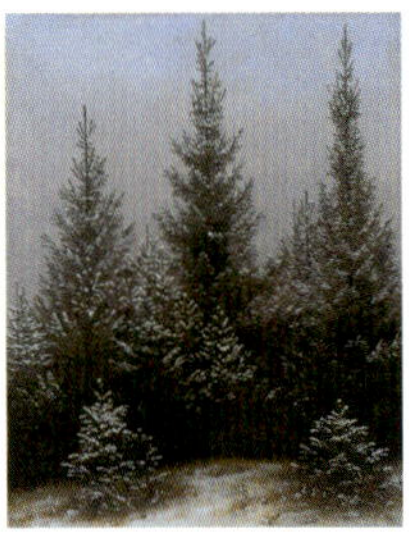

Thomas Gainsborough
1727–1788

Porträt Mrs. Thomas Hibbert
1786
Öl auf Leinwand
127 × 101,5 cm

Als träten die beiden Genres Landschaft und Porträt miteinander in einen Wettstreit. Thomas Gainsborough, der seine Laufbahn als Landschaftsmaler begann, wurde mit Aufträgen vom englischen Hof zum begehrtesten Bildnismaler von Aristokratie und wohlhabender Bürgerschicht. Sein Porträtmodell, Mrs. Thomas Hibbert, platziert er einigermaßen geziert und unvermittelt in die Landschaft. Ihrer Haltung und ihrem Gesichtsausdruck ist nicht zu entnehmen, ob die Sitzfläche womöglich uneben und unbequem ist und die Zweige und Blätter des Buschwerks sie pieksen und kitzeln. Vielmehr scheint sich ihr Perückenhaar und ihre Kleidung der Natur malerisch anzuverwandeln. Mithilfe eines eigens konstruierten überlangen Pinsels, der seinen leichten, nervösen Pinselstrich geradezu provoziert, gelingt es Gainsborough, malerisch eine Allianz zwischen Porträt und Landschaft zu schaffen.

S. 16

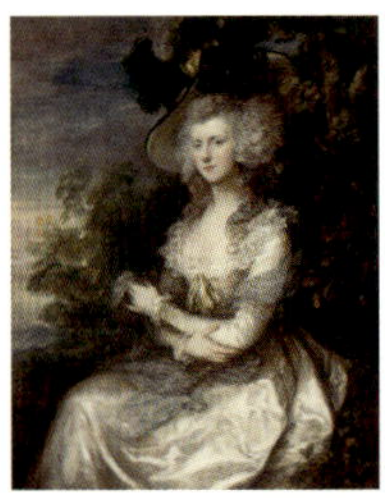

Vincent van Gogh

1853–1890

Blick auf Arles

1889

Öl auf Leinwand

72 × 92 cm

»Soweit ich es beurteilen kann, bin ich nicht eigentlich verrückt«, schreibt Vincent van Gogh im Frühjahr 1889 in einem seiner zahlreichen Briefe an seinen Bruder Theo.[3] 1888 zog van Gogh von Paris nach Arles in der Provence, wo er die »blauen und heiteren Farben des Südens« zu finden hoffte und von einem »Atelier des Südens« träumte, in dem er gemeinsam mit anderen Künstlerkollegen leben und arbeiten wollte. Mit einer unglaublichen malerischen Energie und emotionalen Intensität malt van Gogh die üppige Landschaft, die starken Farben, das südliche Licht. Seine wirbelnd hingestobenen Pinselstriche und die starken Farbkontraste geben den Motiven ein solch kraftvolles und bewegtes Eigenleben, dass womöglich der Blick ver-rückt und nunmehr das Bild den Betrachter anschaut.

S. 114

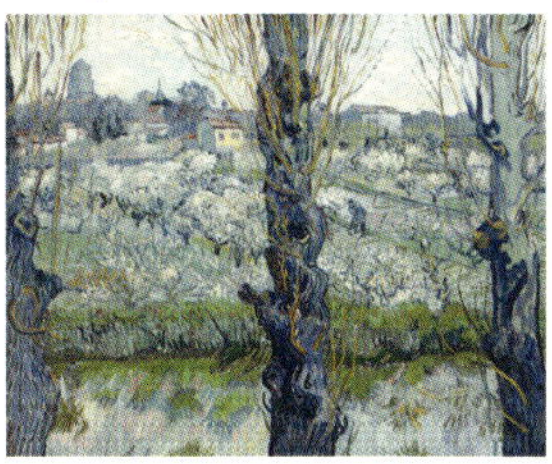

Francisco José Goya y Lucientes

1746–1828

Marquesa de Caballero

1807

Öl auf Leinwand

104,7 × 83,7 cm

Verdeckt man vom Betrachter aus gesehen die rechte Gesichtshälfte der Marquesa de Caballero, so lächelt ein freundlich weiches Mädchengesicht von der Leinwand; verdeckt man die linke, glaubt man sich einer in Panik erstarrten Frauensperson gegenüber. Goya, der es zum Akademiedirektor und ersten Hofmaler in Madrid gebracht hatte, entwickelte eine neue Porträtauffassung, die jegliche Idealisierung vermied und einer schonungslos realistischen Auffassung bis hin zur Hässlichkeit oder gar Karikatur einen eigenen Ausdruck gab; selbst die königliche Familie war vor diesem unbestechlichen Blick nicht gefeit. Ebenso radikal setzt er in seiner Maltechnik Auflösung, Unschärfe oder bewusste Verzerrung des Dargestellten ein. Damit wird er zu einem der wichtigsten Vorläufer der Moderne.

S. 132

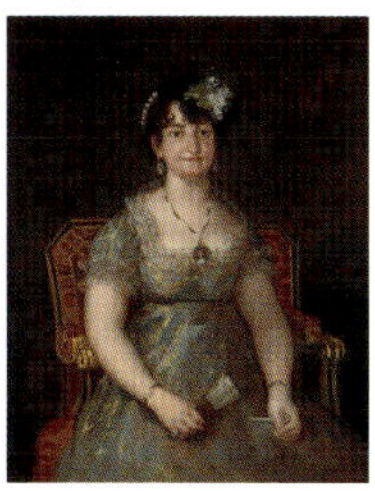

Ferdinand Hodler
1853–1918

Die Lebensmüden
1892
Öl auf Leinwand
149,7 × 294 cm

Ferdinand Hodler, der zum Nationalmaler der Schweiz aufstieg, stieß mit diesem Gemälde allgemein zunächst auf große Ablehnung. Zu konfrontativ und schonungslos wies er mit seinen fünf *Lebensmüden* auf ein menschliches Schicksal, zu dem es weder Erlösung noch Trost zu geben scheint. Nebeneinander aufgereiht und ohne jegliche Beziehung zueinander sind die alten Männer ihrem Schmerz und ihrer Hoffnungslosigkeit ausgeliefert und widerspruchslos ergeben. Keine der Figuren offenbart das eigene Verhängnis, etwa einen tragischen Verlust oder eine unheilbare Krankheit. Alptraumhaft nüchtern werden sie zu einem Sinnbild unerlösbaren Leidens.

S. 30

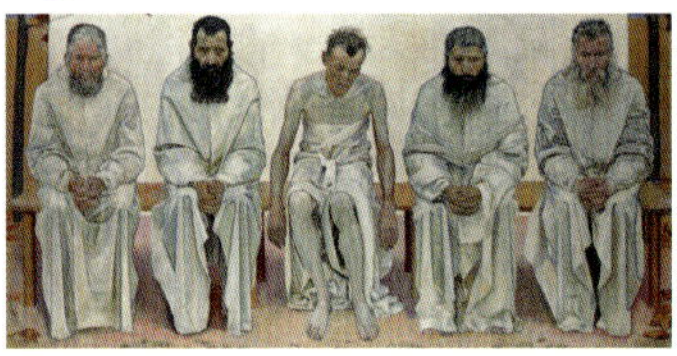

Jenenser Student
1908
Öl auf Leinwand
212 × 92 cm

Der Jenenser Student ist eine Vorstudie für das Auftragswerk *Der Auszug deutscher Studenten in den Freiheitskrieg von 1813,* das Hodler für die Eingangshalle der Friedrich-Schiller-Universität Jena malte. Der sich in seinen Uniformmantel schwingende Student bleibt auch auf dem endgültigen monumentalen Historiengemälde neben anderen Soldaten so sehr Einzelfigur, dass es schwer fällt, sich ihn als einen anonymen Soldaten unter vielen vorzustellen. Auch kompositorisch scheint er eher ein eigenwilliges Ornament denn eine Figur, die anstandslos die Reihen schließt.

S. 38

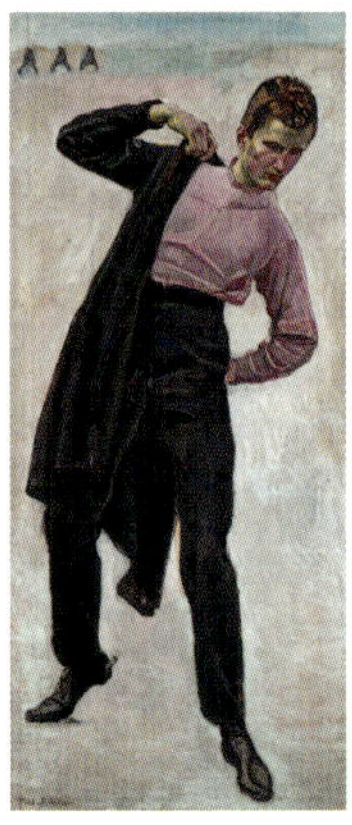

Wilhelm Leibl

1844–1900

Bildnis der Frau Gedon

1869

Öl auf Leinwand

119,5 × 95,5 cm

Lina Kirchdorffer

1871

Öl auf Leinwand

111,5 × 83,2 cm

Vielleicht brauchte es einfach nur einen farblich starken Akzent, den die beiden roten Bänder im Haar oder um den Hals setzten. Das leuchtend bernsteinfarbene Kleid der Frau Gedon und das steingraue der Lina Kirchdorffer, beide vor einem tiefdunklen undeutbaren Hintergrund stehend, zeigen ansonsten keine farblichen Sensationen.
Wilhelm Leibl war kein Maler symbolischer Geheimnisse oder allegorischer Sinnbilder. Seine Porträts sind schnörkellos und kommen mit nur wenigen Requisiten aus – wenn sie überhaupt welche brauchen. »Ich male den Menschen so, wie er ist, da ist die Seele ohnehin dabei«, schrieb er.[4] Die beiden Damen haben sich mit dem Ergebnis abzufinden.

S. 74

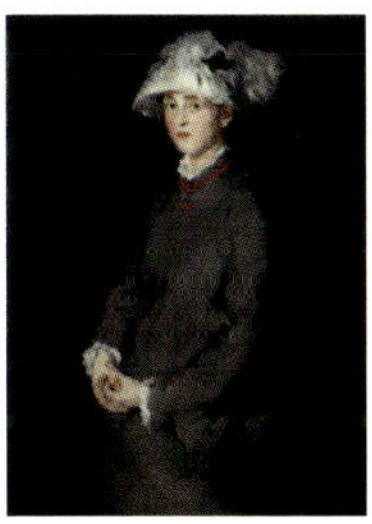

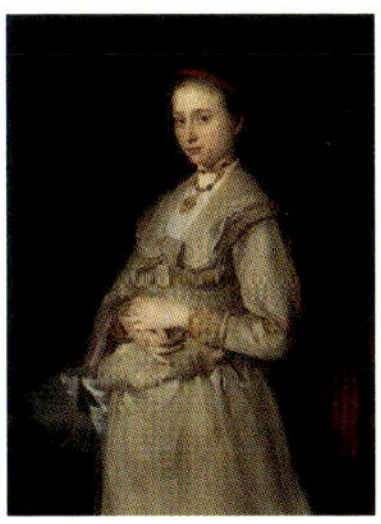

Max Liebermann

1847–1935

Badende Jungen

1898

Öl auf Leinwand

112,5 × 152 cm

Max Liebermann verbrachte seine Sommerurlaube mit Frau und Tochter Käthe fast jedes Jahr an der holländischen Küste. Gemalt hat der Künstler ausschließlich im Atelier, nicht *plein-air*, unter freiem Himmel, wie viele seiner Kollegen, die ebenfalls dem Impressionismus nahestanden. Aber Skizzen mag er am Strand durchaus gemacht haben. Wie ein Schnappschuss wirkt dieser kleine Ausschnitt von Strandleben – durchaus keine handlungsreiche Geschichte oder das repräsentative Bild eines Sommertages am Meer, aber dennoch eine atmosphärische Erinnerung, von denen man so viele mit sich herumträgt.

S. 126

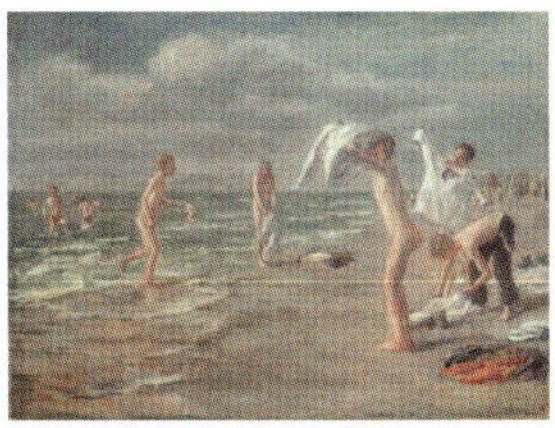

Édouard Manet
1832–1883

Frühstück im Atelier
1868
Öl auf Leinwand
118,3 × 154 cm

Ein Stillleben ist gemeinhin eine Komposition lebloser Gegenstände. Davon finden sich auf dem Bild gleich zwei: das Waffenstillleben links und der Frühstückstisch rechts. Aber auch die drei dargestellten Personen, die Bedienstete, der Besucher mit Zylinder und Léon, der Sohn Édouard Manets, sind derart still jeder für sich und still jeder in sich versunken dargestellt, dass man von einem Personenstillleben sprechen möchte.

S. 120

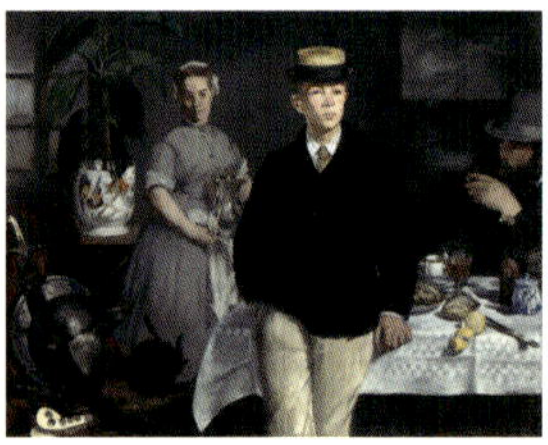

Adolph von Menzel
1815–1905

Pelzmantel auf einem Kanapee
um 1859/60
Öl auf Leinwand
38,6 × 44,5 cm

Das kleine Pelzmantel-Bild des bedeutendsten Chronisten des friderizianischen Zeitalters Adolph von Menzel gilt als eine Vorstudie zu seinem großformatigen, jedoch unvollendet gebliebenen Gemälde *Ansprache Friedrichs II. an seine Generale vor der Schlacht bei Leuthen 1757* (Alte Nationalgalerie, Berlin). Ein pelzgefütterter Mantel rutscht dort schwer von der Schulter des Kürassier-Generals Lentulus, der auf einem eis- und schneebedeckten Feldweg betroffen der Rede Friedrichs des Großen folgt. Auch hier bekommt man den Eindruck, der Pelz gewänne als Bär sein Eigenleben zurück und wünschte sich in seine Heimat, vielleicht an die Ufer des sibirischen Flusses Amur zurück. Mehr als nur eine Übung zur Darstellung von Faltenwurf gelingt es von Menzel, einen leblosen Gegenstand, ein Material sprechen zu lassen.

S. 102

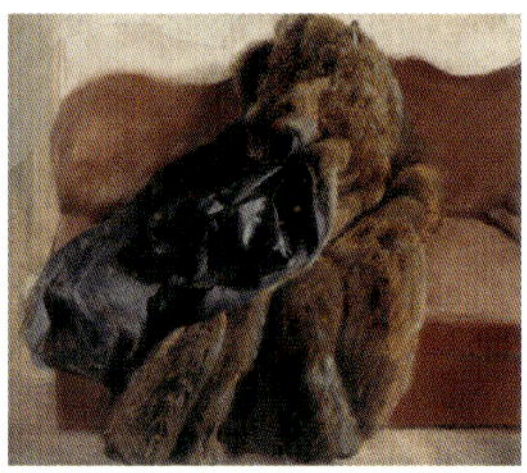

Claude Monet

1840–1926

Seerosen

um 1915

Öl auf Leinwand

151,4 × 201 cm

Auf seinem Anwesen in Giverny, nordwestlich von Paris an der Seine gelegen, ließ Claude Monet seinen üppig wuchernden Garten mit dem bekannten Seerosenteich anlegen, für dessen besondere Pflege er eigens einen Gärtner beschäftigte. Der Seerosenteich wird zu einem immer wiederkehrenden Motiv seiner Bilder, die er, ganz im Sinne des Impressionismus, plein-air, also unter freiem Himmel und nicht im Atelier malte. Immer häufiger konzentrierte sich Monet dabei auf Nahansichten, zoomte die Natur so stark heran, dass sie ausschnitthaft und wie ein Strudel aus Farben und Formen erscheint. Die Bildgrenzen geben dabei nicht die Konzentration auf ein bestimmtes Geschehen, einen gewählten Fokus wieder. Wie die einzelnen Bildmotive verschwimmen sie im Auge des Betrachters, der sie nach Laune oder Gutdünken zu verschieben oder gar aufzulösen vermag.

S. 22

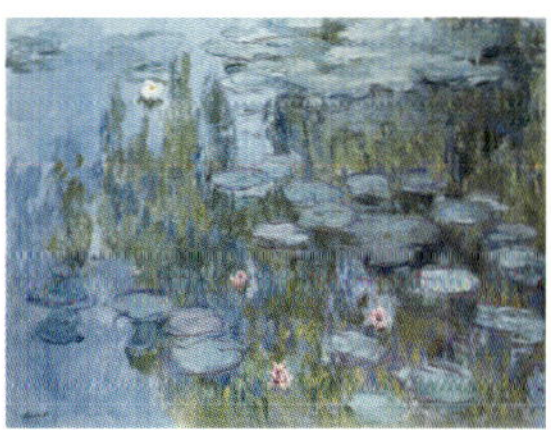

Max Slevogt

1868–1932

Feierstunde

1900

Öl auf Leinwand

126 × 155 cm

Max Slevogt gilt als einer der wichtigsten Vertreter des deutschen Impressionismus, der Kunstrichtung, die sich die atmosphärische, von Licht und Stimmung geprägte Momentaufnahme zur malerischen Hauptaufgabe machte. An seine Frau schreibt Slevogt, während er an diesem Bild malt: »Aber ein nicht litterarisches [sic] Motiv ist mir doch sympathischer, und so male ich ein Paar, das beieinander sitzt und hauptsächlich Malerei werden, aber auch dunklen Empfindungen Spielraum lassen soll.« [5]

S. 66

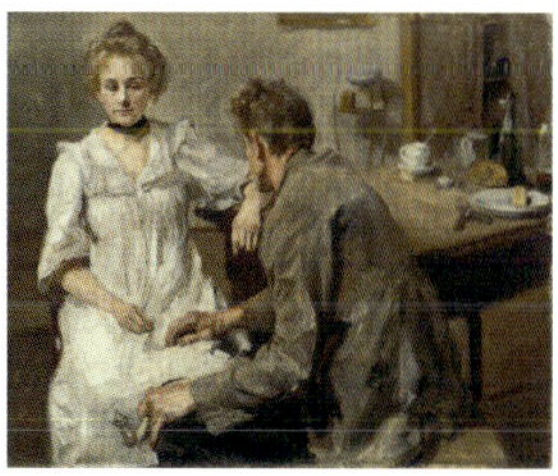

Carl Spitzweg

1808–1885

Der arme Poet

1839

Öl auf Leinwand

36,2 × 44,6 cm

Ein Idyll? Eine Tragödie? Carl Spitzweg, als Maler Autodidakt, jedoch gelernter Apotheker und durch Erbschaft finanziell unabhängig, malt so friedvoll und pittoresk die Lebenswirklichkeit eines erfolglosen Dichters, dass die Anteilnahme an dessen Schicksal kaum zu Tränen rührt. Bloß weil der arme Poet sich geradezu selbstverliebt völlig seiner Dichtung zuwendet, weil ihn die Kälte und Brotlosigkeit nicht zu stören scheinen, gibt es sie doch: die Not und das Scheitern. Was nicht dargestellt ist, muss nicht zweifelsfrei abwesend sein – so wie der Hund oder der zweite Stiefel vielleicht.

S. 96

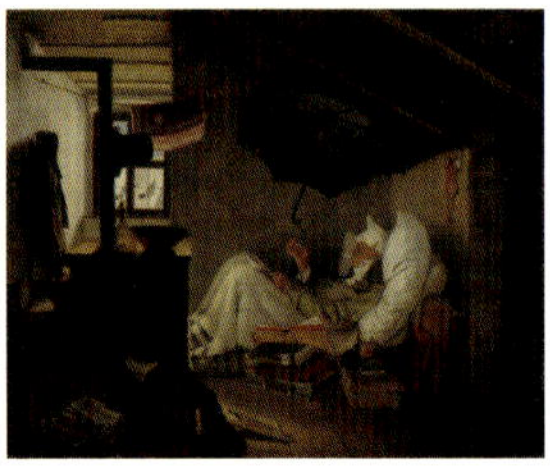

Henri de Toulouse-Lautrec

1864–1901

Der junge Routy auf Schloss Céleyran

1882

Öl auf Leinwand

61 × 49,8 cm

Mit 18 Jahren fertigte Henri de Toulouse-Lautrec auf dem Schloss seiner Großmutter mehrere Porträts des jungen Bediensteten Routy an. Auf Céleyran hatte er viele seiner Ferien verbracht und mag daher den etwa Gleichaltrigen aus Kindertagen gut gekannt haben. Toulouse-Lautrec, Hauptvertreter der Art Nouveau, der später vor allem wegen seiner Plakate für das Pariser Varieté Moulin Rouge bekannt wurde, begann sein Kunststudium in demselben Jahr, in dem dieses Bild entstand. Porträtieren gehörte hier zur notwendigen Übung. Dass der junge Routy dem Enkelsohn seiner Lohn- und Brotgeberin nur unwillig Modell saß, bleibt reine Spekulation. Die Perspektive leicht von oben, die der kleinwüchsige Maler für sein Bildnis wählt, ist dagegen ausgemacht.

S. 108

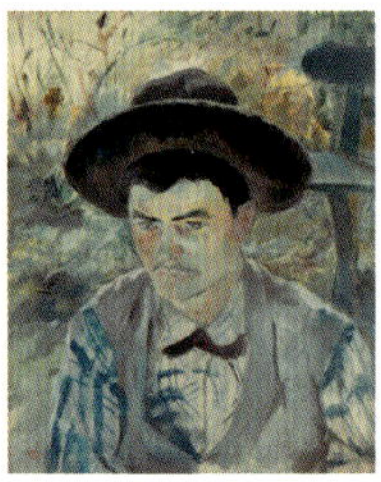

Édouard Vuillard

1868–1940

Szene im Café
um 1908/10
Leimfarbe auf Papier
120 × 107 cm

Édouard Vuillard malte vor allem Interieurs, Innenräume, in denen sich kleine Szenen abspielen oder in denen Mobiliar und Gegenstände als dekorative Stillleben die private bürgerliche Welt von Paris um 1900 vorführen. Im Vordergrund dieser Caféhaus-Szene liest ein Mann in einer Zeitung, vielleicht in *Le Figaro,* einer bis heute sehr verbreiteten französischen Tageszeitung. Einem Artikel von 1909 zufolge hat sich das häusliche Drama von Monsieur und Madame Girard tatsächlich so abgespielt, wie es Monsieur V. berichtet. So, wie es der skizzenhaft lockere Pinselstrich des Malers auf das Papier wirft, ist es nur ein flüchtiger Blick auf eines der vielen kleinen großen Dramen in einer Welt, die täglich große kleine Dramen hervorbringt.

S. 56

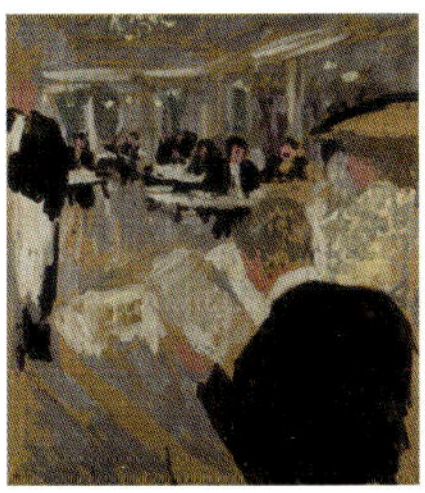

Quellen

Das Zitat im Titel stammt aus dem letzten Brief von Vincent van Gogh an seinen Bruder Theo vom 27. Juli 1889, zitiert nach: Vincent van Gogh, Briefe an seinen Bruder. Herausgegeben von Johanna Gesina van Gogh-Bonger, Frankfurt/Main 1988, Bd. 3. Deutsch von Carl Einstein

1 Briefentwurf vom 20. Mai 1885 an eine Unbekannte, zitiert nach Paul Cézanne. Ein Traum von Kunst. Herausgegeben und übertragen von Fritz Erpel, Berlin (Ost) 1984

2 Ulrike Becks-Malorny, James Ensor 1860–1949. Die Masken, der Tod und das Meer, Köln 2005

3 Brief an den Bruder Theo vom 19. März 1889, in: Vincent van Gogh, Briefe an seinen Bruder. Herausgegeben von Johanna Gesina van Gogh-Bonger, Frankfurt/Main 1988, Bd. 3. Deutsch von Carl Einstein

4 Henrike Holsing und Marlene Lauter, »Rein Malerisch«. Wilhelm Leibl und sein Kreis, Petersberg 2013

5 Neue Pinakothek, Katalog der Gemälde und Skulpturen, München und Köln 2012

Die Autoren

Christine Traber, 1964 in Stuttgart geboren, hat Kunstgeschichte und Theaterwissenschaften an der Freien Universität Berlin studiert und war Cheflektorin in einem Kunstbuchverlag. Heute lebt und arbeitet sie als freie Redakteurin und Autorin in Stuttgart.

Die erste gemeinsame Arbeit der beiden Autoren ist 2013 bei Hanser Berlin erschienen: *Henkerslos. Ein Märchenbrevier*, illustriert von Sebastian Meschenmoser.

Ingo Schulze wurde 1962 in Dresden geboren und lebt in Berlin. Er arbeitete zunächst als Schauspieldramaturg und Zeitungsredakteur. Sein erstes Buch *33 Augenblicke des Glücks* erschien 1995. Es folgten die Romane *Simple Storys* (1998), *Neue Leben* (2005) und *Adam und Evelyn* (2008), sowie die Erzählungsbände *Handy* (2007), *Orangen und Engel* (2010) als auch Aufsätze und Reden, zuletzt *Unsere schönen neuen Kleider* (2012).
Im Hanser Kinderbuch ist er mit dem Bilderbuch *Der Herr Augustin* (illustriert von Julia Penndorf) vertreten.

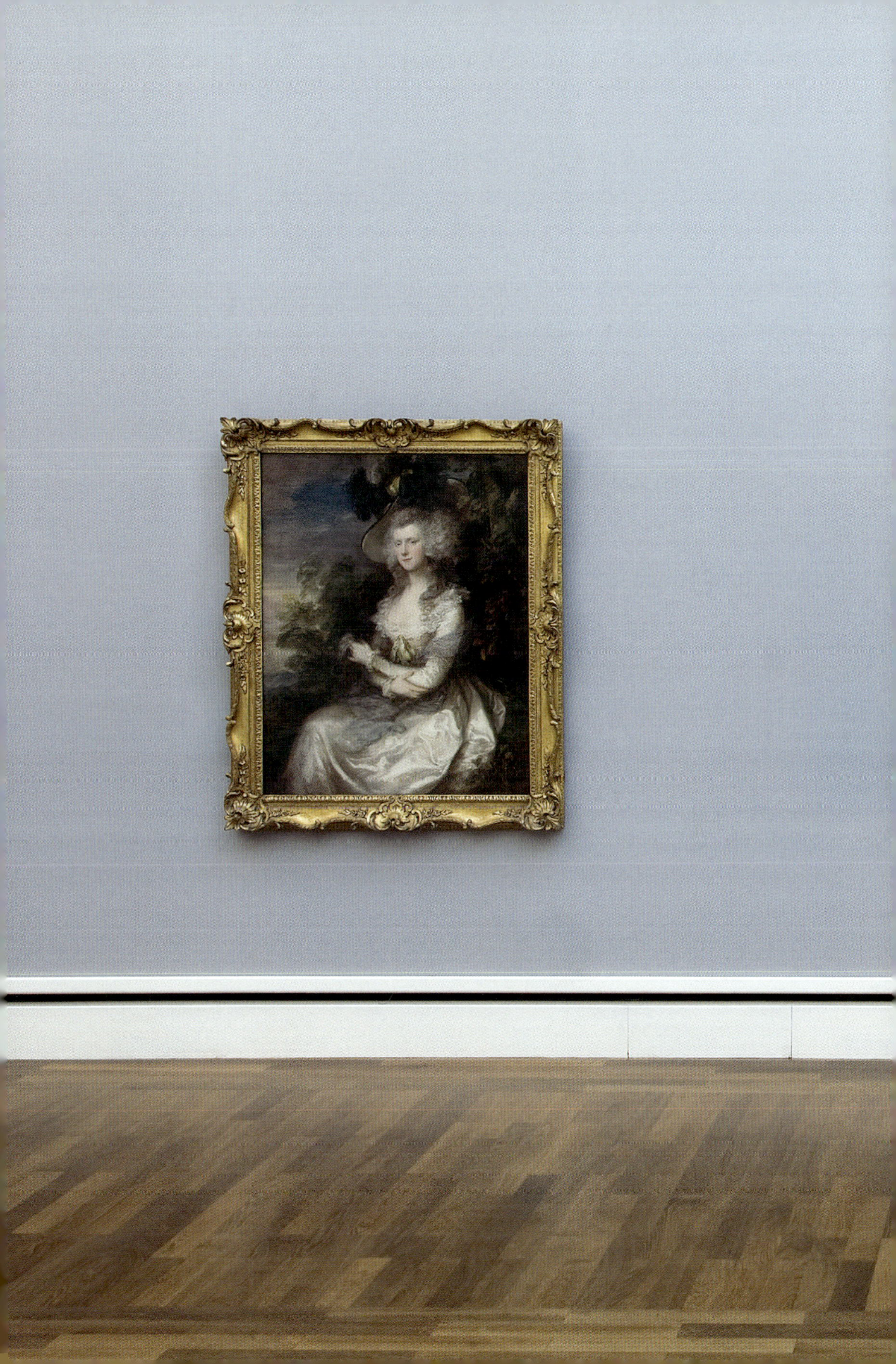

Alle Bilder, die diesem Buch die Geschichten boten, gehören den Bayerischen Staatsgemäldesammlungen und hängen in der Neuen Pinakothek, München

Die Reproduktionen der Gemälde wurden freundlicherweise zur Verfügung gestellt von bpk – Bildagentur für Kunst, Kultur, Geschichte, Berlin

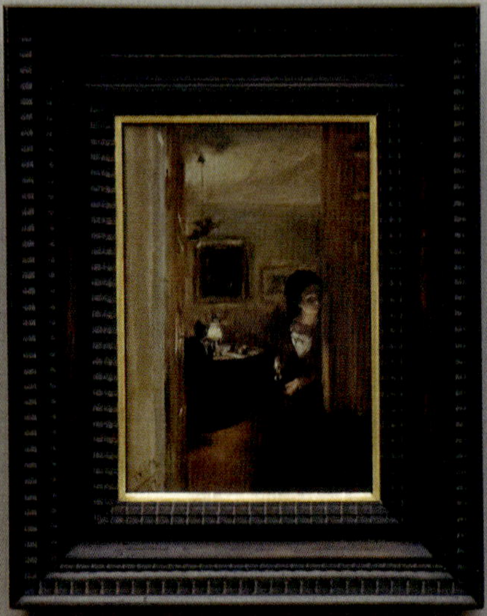

Die Fotos am Anfang und am Ende des Buches wurden freundlicherweise zur Verfügung gestellt von Bayerische Staatsgemäldesammlungen – Neue Pinakothek, München (© Sibylle Forster, Haydar Koyupinar, Andreas Werner, Nicole Wilhelms)

1 2 3 4 5 19 18 17 16 15
ISBN 978-3-446-24758-1

Umschlag: Manja Hellpap, Berlin
unter Verwendung eines Fotos von Sibylle Forster sowie des Bildes *Blick auf Arles* von Vincent van Gogh (© bpk / Bayerische Staatsgemäldesammlungen – Neue Pinakothek München)

Satz und Gestaltung: Manja Hellpap, Berlin
Druck und Bindung: CPI – Ebner & Spiegel, Ulm
Printed in Germany

FSC
www.fsc.org
MIX
Papier aus verantwortungsvollen Quellen
FSC® C006701

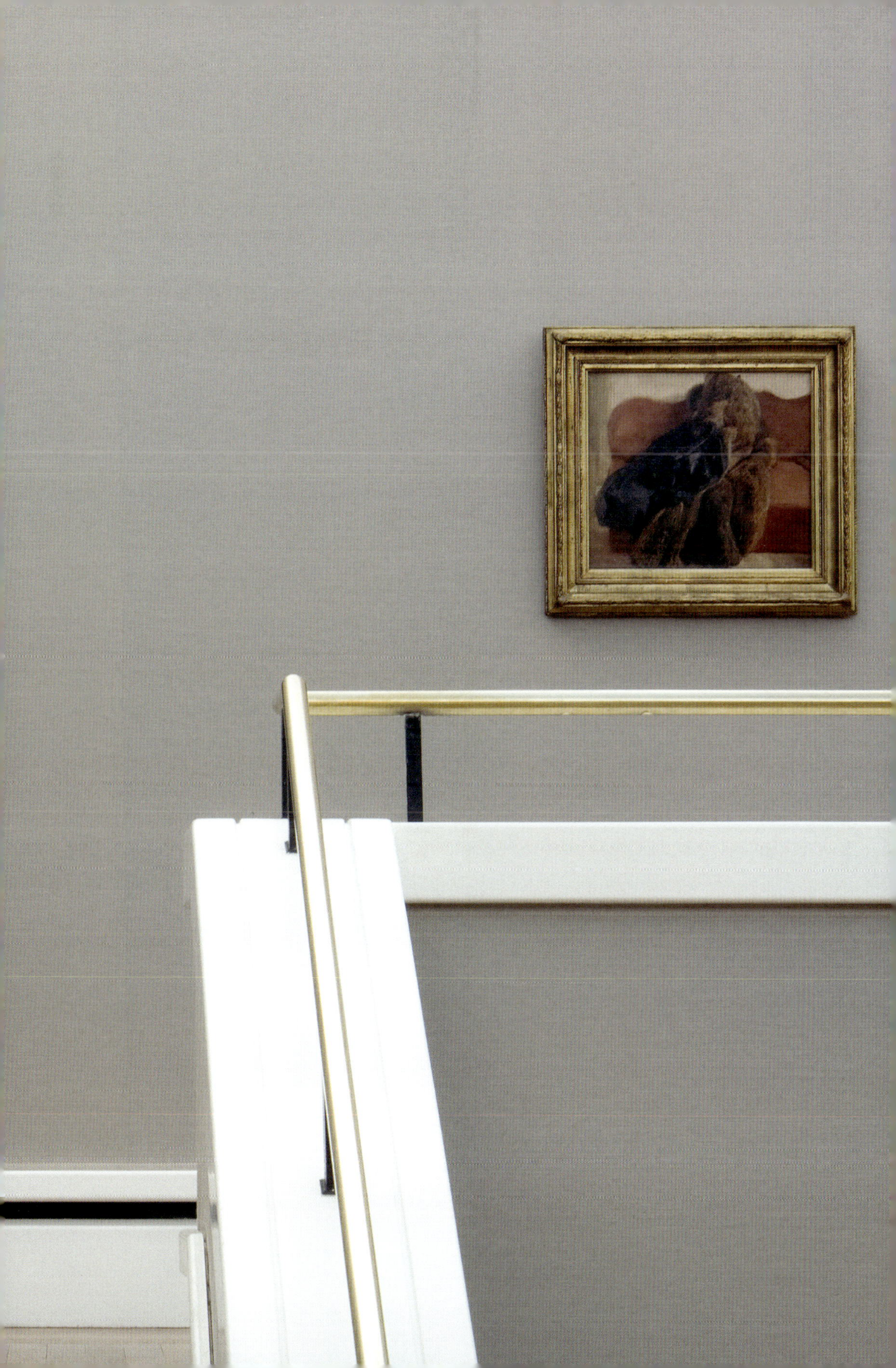

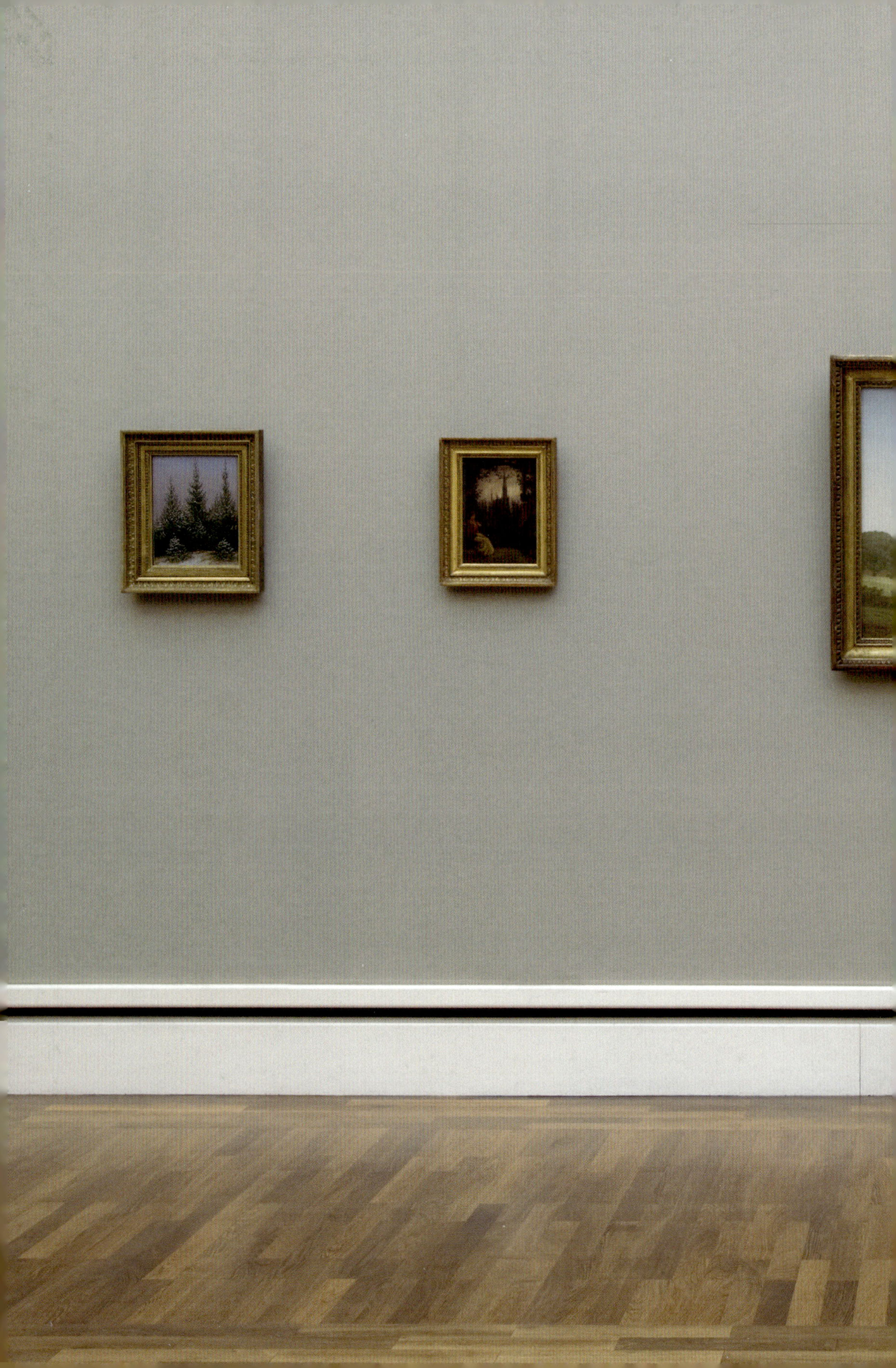